AF304007

Der Schriftsteller **Stefan S. Kassner** hängte im Oktober 2022 seinen Arztkittel an den Nagel und lebt seitdem als hauptberuflicher Autor mit seinem Hund Goliath auf der Sonneninsel Mallorca. Im Oktober 2020 wurde er in die Agentur Ashera aufgenommen und veröffentlich seit 2021 Romane, Novellen und Kurzgeschichten in unterschiedlichen Genres, unter anderem Thriller, Krimi, Cosy Crime, Familiengeheimnis, Familiensaga, (Gay-) Romance, (düstere) Phantastik, Horror, Steampunk und Humor. Dies prägte auch den Slogan des Schriftstellers: „Vielseitigkeit hat einen Namen – Stefan S. Kassner."

STEFAN S. KASSNER

POISON BAKERY
EIN BRITISCHER COSY CRIME

GIFTIGE VERSUCHUNG

Erstausgabe August 2023

Copyright © 2023 dp Verlag, ein Imprint der
dp DIGITAL PUBLISHERS GmbH
Made in Stuttgart with ♥
Alle Rechte vorbehalten

Giftige Versuchung

ISBN: 978-3-98778-357-9
E-Book-ISBN: 978-3-98637-777-9
Hörbuch-ISBN: 978-3-98778-381-4

Covergestaltung: Anne Gebhardt
Umschlaggestaltung: ARTC.ore Design
Unter Verwendung von Abbildungen von
stock.adobe.com: © frank peters, © Angkana, © detshana,
© jat306
shutterstock.com: © Nella, © Helen Hotson, © fiphoto,
©Nataliva
elements.envato.com: © PixelSquid360, © alexdndz,
© Ramzehhh
Lektorat: Daniela Guse
Satz: dp DIGITAL PUBLISHERS GmbH
Druck und Bindung: Books on Demand GmbH, Norderstedt

*Für meine Leser
Eine Geschichte kann nur erzählt werden, wenn jemand
zuhört.*

*„Alle Dinge sind Gift, und nichts ist ohne Gift; allein die
Dosis machts, dass ein Ding kein Gift sei.“
Paracelsus*

Kapitel 1

„Zwischendurch muss er mal wieder den Checker raushängen lassen, damit niemand seine Männlichkeit infrage stellt." Aron streicht Shaun über die Wange und grinst verschmitzt dabei.

Nicht zum ersten Mal heute Abend möchte ich die beiden fest an mich drücken. Der Ausdruck in Terrys Gesicht sagt mir, dass es ihr ebenso geht.

„Ich gehe mal Nachschub holen." Ich deute auf die leere Weinflasche, die ich vom Tisch genommen habe.

„Ich helfe dir." Terry steht auf und folgt mir zur Theke.

Endlich halten wir das längst überfällige WG-Treffen ab, was auf bestem Wege ist, zu einer Party zu werden. Gott sei Dank haben wir uns dazu entschieden, die Feier im Café abzuhalten, in unserer Küche würde der Platz bei sieben Personen knapp sein. Denn unsere WG-Jungs Shaun und Randall vergrößern durch ihre jeweiligen Partner Aron und Gaby die Runde und natürlich ist auch Philipp, Terrys Freund und meine vorherige On-Off-Affäre, mit von der Partie. Nicht nur aus diesem Grund eine schwierige Angelegenheit für mich, sondern auch, weil Terry sich seitdem verändert hat.

Die Freude über Arons und Shauns Glück lässt mich sogar die Bitterkeit schlucken, dass ich die Ursache für eine ungerade Teilnehmerzahl dieser Zusammenkunft bin. Immer noch erhoffe ich Gewöhnung daran, Single unter lauter Paaren zu sein, doch das Gegenteil ist der Fall.

Heute Abend aber stehen für mich unsere WG-Jungs im Mittelpunkt. Meiner Ansicht nach waren beide noch vor Monaten Meilen von einer festen Bindung entfernt. Und nun sitzen wir hier zusammen. Das Schönste daran ist das Glitzern in den Augen der Jungs und der einende Eindruck, dass diese Beziehungen positiven Einfluss auf sie haben.

„Süß die beiden, oder?" Terry ist dabei, die Weinflasche zu entkorken.

„Total. Unsere beiden Jungs."

Terry legt den Arm um mich und schaut mit mir zusammen zum Tisch, an dem Shaun gerade eine Story zum Besten gibt, wie er und Aron auf einer Party oben ohne tanzend für Aufruhr sorgten. Wozu keine ausgeprägte Phantasie notwendig ist, denn es scheint schwer vorstellbar, dass jemand dem Duo widerstehen kann. Egal, ob hetero oder schwul.

„Ist bestimmt nicht einfach, nur von Pärchen umgeben zu sein?"

Ich zucke mit den Schultern. „Ich gönne euch allen ...", beginne ich, aber Terry fährt dazwischen: „Das weiß ich. Das weiß jeder der Anwesenden. Und ebenso, dass es Kacke ist, dann Single zu sein. Also, lass das ruhig zu."

„Helfen wird es auch nicht."

„Schon klar, aber wenn du dich nicht mal auskotzt, zumindest mir gegenüber, bekommst du noch ein Magengeschwür." Terry drückt mich an sich. „Der Richtige kommt schon noch, ganz sicher."

„Lass uns zurückgehen, sonst fange ich noch an zu heulen."

„Sorry. Ich wollte dich nicht aufwühlen."

Ich winke ab und erspare uns, Terry darauf hinzuweisen, dass sie genau das getan hat. In letzter Zeit führen ihre Versuche, mich aufzumuntern oder mir die Nachvollziehbarkeit meiner Gefühle zu versichern, eher dazu, dass ich mich schlechter fühle. Selbstverständlich ist das nicht Terrys Absicht, aber der Eindruck, dass diese Gespräche mehr der Erleichterung ihres Gewissens als meinem Seelenheil geschuldet sind, lässt sich dennoch schwer abschütteln.

Zurück am Tisch ärgert mich am meisten, dass die Gelassenheit ob des Alleinseins durch Terrys Ansprache passé ist. Denn jetzt komme ich mir einsam vor, vermisse jemanden an meiner Seite, der mir liebevoll durch das Gesicht streicht und mir etwas ins Ohr flüstert, wie Aron es in diesem Augenblick bei Shaun tut. Shauns Gesicht entnehme ich, dass es sich um Schweinereien handelt.

Ich fülle das Glas mit Weißwein und hoffe, dass ich mir die düsteren Gedanken schön trinken oder zumindest betäuben kann. Aron entpuppt sich als Retter, denn er weiß so viele schreiend komische Episoden aus seinem Leben zu berichten, dass wir von einer Lachsalve in die nächste stürzen und die bald nicht mehr verlassen.

Meinen schmerzenden Bauch haltend, kullern mir Tränen die Wangen hinunter, dennoch kann ich nicht aufhören zu giggeln. Den Mitfeiernden geht es nicht anders, und da ich mittlerweile über meinem Körper zu schweben scheine, wird mir klar, dass ich high bin, wie der Rest der Runde.

Ich betrachte die leergegessene Platte mit Brownies und mir schwant, dass Terry dahintersteckt. So wie wir nicht aufhören können zu lachen und immer zusammenhangloser stammeln, vermute ich, dass ihr Cannabis in den Teig gefallen ist. „Was hast du da reingemischt?", zische ich Terry zu, nachdem ich sie am Arm gefasst habe.

„Ich dachte, das macht die Stimmung etwas lockerer", flüstert sie und grinst schuldbewusst.

„Das ist nicht in Ordnung." Der Gedanke, ob ich eine Szene machen oder zumindest Terry ins Gewissen reden soll, versinkt in der entspannenden Wirkung des THCs. Der Rausch spült die Traurigkeit fort und erreicht, was ich mir gewünscht habe, dass mir meine Einsamkeit egal ist.

Wie viel Zeit in diesem Zustand der Entrückung verstreicht, kann ich nicht sagen. Ebenso wenig, über welche Themen wir philosophieren, sämtlich vom Aussprechenden vorgebracht, als wären es Erkenntnisse, die in ein Lehrbuch gehörten. In der Art wie: „Habt ihr euch mal überlegt, wie viel Kuchen man wegwirft, weil immer Krümel bleiben? Wenn man die sammeln und daraus neue Kuchen machen würde, könnte man viel Geld verdienen."

Irgendwann ebbt die Leichtigkeit ab, und es zeigt sich, dass ein Rausch, egal, wie er verursacht wird, nichts wegspült, sondern allenfalls zudeckt. Und dass dieser Schutz weggezogen wird, kurz bevor man den Boden der Realität erreicht, um hart aufzuschlagen. Dieser Moment ereilt mich in meinem Zimmer, allein im Bett.

Ich heule los, und als mir bewusst wird, dass ich mir nicht einmal Mühe geben muss, leise zu sein, da ich, mal wieder, mutterseelenallein in unserer Wohnung bin, weine ich umso lauter. Mantraartig wiederhole ich den Satz in meinem Kopf, dass der Richtige da draußen auf mich wartet, doch es bleibt eine hohle Phrase, der ich keinen Glauben schenke.

Schließlich übermannt mich der Schlaf und bringt mir einen wirren Traum, in dem ich auf Norah treffe, die noch lebt und über das Geländer der London Bridge klettert, um herunterzuspringen. Ich versuche, auf sie zu zustürmen, doch meine Hände greifen ins Leere.

Geschockt erwache ich, und nach einem Glas Wasser und tiefem Durchatmen gelingt es mir sogar, erneut in den Schlaf zu finden, nur um im folgenden Traum Bruce über den Weg zu laufen, dem ich meine Liebe gestehe. Kaum bin ich damit fertig, taucht Lindsey auf, wirft sich ihm an den Hals, und die beiden küssen sich leidenschaftlich.

Diesem Erwachen folgt kein erneutes Einschlafen. Stattdessen trinke ich einen Tee und greife schließlich zu Baldriantropfen. Damit gelingt es mir endlich, den Rest der Nacht ohne die Dämonen der Vergangenheit zu verschlafen.

Kapitel 2

„Wir haben heute Ruhetag." Den verschlafenen Kopf in den Wolken möchte ich die Tür gleich wieder schließen.

„Nur einen Kaffee. Ich störe Sie auch nicht beim Aufräumen."

Ich hebe den Blick und sehe dem Gast erstmalig ins Gesicht. Grüne Augen, dunkles Haar und ein Dreitagebart, für mich das entscheidende Accessoire für einen Mann. Warum ist mir nicht schon beim Blick zum Eingang aufgefallen, dass er nicht unattraktiv ist? „In Ordnung." Ich halte die Tür auf, und der Dunkelhaarige schlüpft an mir vorbei ins Café.

„Hatten Sie eine Feier?"

„So ist es." Ich deute auf einen Hocker am Tresen. „Es macht Ihnen nichts aus, Ihren Kaffee dort zu trinken?"

„Ganz im Gegenteil. Ich sitze gerne erhöht."

Das bringt mich zum Lächeln. „Ich ebenfalls."

Der Dunkelhaarige lacht. „Und ich befürchtete schon, Sie fragen mich, was das für ein blöder Anmachspruch ist?"

„Ist es das denn?" Ich hebe eine Braue.

„Was denn?"

„Ein Anmachspruch?" Staunend höre ich mir selbst zu. Bin ich etwa dabei zu flirten? Und das auf eine Art, die Terry zur Ehre gereichen würde?

Der Dunkelhaarige legt den Kopf schief und grinst mich an. „Vielleicht …"

Ja, er gefällt mir und ebenso, dass er kein Modeltyp ist wie Bruce. Das mag sich gemein anhören, ist aber durchaus positiv gemeint. Zu attraktives Aussehen wirkt einschüchternd. „Dann bin ich gespannt, was Sie sonst noch auf Lager haben." Ich gehe hinter den Tresen und klopfe den Siebträger der Kaffeemaschine aus. „Was darfs denn sein. Espresso, Cappuccino, Latte Macchiato?"

„Cappuccino bitte."

„Kommt sofort."

„Sind Sie Terry oder Linn?", fragt er mit Blick auf den Schriftzug unseres Cafés, der oben an der Wand über der Theke hängt.

„Linn."

Er streckt die Hand aus. „Conor." Nervös lachend, zieht er sie wieder zurück. „Zu förmlich, oder?"

Ich schlucke den frechen Kommentar, ob das ebenfalls ein Anmachspruch ist, runter und sage stattdessen: „Wir können uns auch duzen?" Mal nicht diejenige zu sein, die die Nervosität lähmt, beflügelt mich.

„Gerne."

„Bist du auf dem Weg zur Arbeit, Conor?"

„Sozusagen. Wobei es da keinen festen Ort gibt."

„Das musst du mir genauer erklären." Ich serviere ihm den Cappuccino.

„Ich bin Journalist."

„Hört sich spannend an."

„Mehr, als es wirklich ist. Ich bin kein Enthüllungsreporter, sondern schreibe eine Kolumne für den Lokalteil. Was sich so in der City ereignet, von der Krankenhauseinweihung bis zum Tanzabend eines Seniorenheims."

„Es sei denn, der Seniorentanz artet zum satanischen Ritual aus, weil der DJ versehentlich Ozzy Osbourne spielt."

„Und das rückwärts, womit die geheime Botschaft sich direkt ins Unterbewusstsein bohrt."

Wir lachen beide.

„Aber im Ernst – es muss nicht immer das große Drama sein." Ich streiche mir eine Haarsträhne hinters Ohr.

„Witzig. Genau das sage ich immer, wenn man mich zu meiner Arbeit befragt."

„Echt?" Ich sehe in Conors grüne Augen und registriere das Kribbeln im Bauch. „Für mich ist das ein Problem unserer Zeit, dass alles aufgebauscht wird. Als würde es nur noch Katastrophen auf der einen und unglaublich gutaussehende, von Erfolg verwöhnte Menschen auf der anderen Seite geben."

Conor nickt. „Ganz schön einschüchternd, oder?"

„Total."

Conor betrachtet schweigend die Milchschaumkrone auf seiner Tasse, und ich frage mich, ob das ein seltsamer Gesprächseinstieg ist, den wir wählten? Doch anstatt wie sonst darüber nachzugrübeln, halte ich es für unwichtig. Diese Unterhaltung nimmt einen natürlichen Verlauf, der von meiner Seite nicht dadurch geprägt ist, mich in Szene zu setzen, um zu gefallen.

„Für welche Zeitung schreibst du denn?", nehme ich den Gesprächsfaden wieder auf.

Conors Blick wirkt einen Augenblick verloren, als müsse er sich erst wieder bewusst machen, wo er sich befindet. „Sorry, war in Gedanken ganz woanders." Er räuspert sich. „Ich schreibe für den London Telegraph." Conor sieht sich um. „Aber ich will dich nicht von deiner Arbeit abhalten."

Ich mache eine wegwerfende Handbewegung. „Die läuft nicht fort. Und ich habe heute ohnehin nicht vor zu öffnen."

„Nein? Oh sorry, und da dränge ich mich auf."

„So komme ich zu einer anregenden Unterhaltung."

Zarte Röte schießt ihm in den Kopf, und das Kribbeln in meinem Bauch meldet sich erneut. Ich bin zwar nicht schockverknallt wie damals bei Bruce, aber Conor weckt definitiv mein Interesse, das zunimmt.

„Dann bin ich froh." Die Erleichterung ist ihm anzuhören, was ich niedlich finde. „Und du führst das Café mit einer Freundin, die Terry heißt?"

„Ganz schön scharfsinnig", entgegne ich. „Man könnte meinen, du bist Journalist."

„Touché." Conor nimmt einen Schluck von seinem Cappuccino. „Ich habe eine Idee. Hättest du Lust, dass ich über dich schreibe?" Er bemerkt meinen erstaunten Blick und beeilt sich hinzuzufügen: „Nicht über dich als Privatperson, sondern über das Café. Wie du auf die Idee kamst, das Café zu eröffnen, wie dein Alltag aussieht. Womöglich hast du etwas Ungewöhnliches erlebt?" Er rührt in seiner Tasse. „Wobei das nicht notwendig ist. Es muss ja nicht immer das große Drama sein." Er zwinkert mir zu.

Ich will entgegnen, dass ich das mit Terry absprechen und sie ebenfalls im Artikel erwähnt werden muss, doch dann frage ich mich, ob das tatsächlich nötig ist? Ist es nicht an der Zeit, dass ich einen Alleingang vollführe, ohne dass Terry den Ton angibt? „Einverstanden. Ich würde mich freuen." Mit einem Lappen wische ich über die Kaffeemaschine. „Und ich habe wirklich schon ein paar außergewöhnliche Geschichten hier erlebt."

„Das klingt vielversprechend."

„Ich war sogar Verdächtige in einem Mordfall."

„Nicht dein Ernst!"

Ich erzähle Conor in groben Zügen vom Pinguin-Fall und genieße sein Erstaunen und die Aufmerksamkeit, die allein mir zuteilwird. Da ich bei der Wahrheit bleibe und Terrys und Philipps Rollen nicht unerwähnt lasse, meldet sich kein schlechtes Gewissen zu Wort, das mich mahnt, nicht als Einzelperson den Ruhm vieler einzuheimsen.

„Wow!" Conor macht große Augen, als ich am Ende meiner Schilderungen angelangt bin. „Da wird ein Beitrag nicht ausreichen. Ist es okay für dich, wenn ich das mit meinem Chefredakteur bespreche? Wir könnten daraus eine kleine Serie machen, und es ist zugleich kostenfreie Werbung für euer Café."

„Hört sich super an." Einen Augenblick überlege ich, Conor auch von Norah zu erzählen, bin aber nicht sicher, ob ich das möchte. Die Trauerfeier ist zwei Wochen her und milderte den Schmerz ab, der dennoch nicht verklungen ist. Außerdem ist es ein Unterschied, über den Pinguin zu sprechen, zu dem ich keine Verbindung hatte, als über Norah, die mir trotz des kurzen Kontakts etwas bedeutete. Es erscheint mir falsch, das an die Öffentlichkeit zu bringen.

„Cool. Dann melde ich mich bei dir. Am besten gibst du mir deine Nummer?“

Ich muss lachen, und Conor schaut mich fragend an. „Sorry. Ich dachte nur gerade, dass das die beste Anmachmasche wäre, die ich jemals erlebt habe. Wenn es denn eine wäre.“

Conor grinst. „Wäre das nicht schon ein wenig gestört?“

„Zumindest ambitioniert.“

Conor lacht nun ebenfalls. „Treffender Begriff. Du solltest schreiben.“

„Lieb von dir, aber ich bleibe lieber beim Backen.“

„Beim nächsten Mal werde ich einen deiner Kuchen probieren.“ Conor zieht seine Geldbörse aus der Gesäßtasche. „Was bin ich dir schuldig?“

„Du bist eingeladen.“

„Echt? Und dabei hattest du nicht mal geöffnet.“

„Eben. Deshalb werten wir das mal als den Besuch eines Bekannten.“

„Bekannter?“ Conor nickt anerkennend. „Aufgrund der Dauer des Treffens und da es sich um einen Erstkontakt handelt, sehe ich das als Verdienst.“

„Erstkontakt? Irgendwie denke ich da an Ufos und grüne Männchen.“

„Um ehrlich zu sein, manchmal fühle ich mich auch wie eines.“

„Da sind wir schon zwei.“ Der Blick, den wir daraufhin austauschen, lässt mich wohlig erschaudern. Wie wahrscheinlich ist es, dass ich einfach so jemanden treffe, der mich versteht?

Du solltest nicht zu schnell die dicke Freundschaft wittern, ermahne ich mich.

Conor schaut auf seine Armbanduhr. „Ich muss dann los. Gibst du mir noch deine Nummer?"

„Klar." Ich diktiere sie ihm, und er tippt sie in sein Handy, anschließend begleite ich ihn zur Tür, wo wir uns voneinander verabschieden.

Mein Blick geht zur Uhr über dem Tresen. Noch eine Stunde, bis ich hier mit Terry zum Aufräumen verabredet bin. Ein schlechtes Gewissen beschleicht mich, da ich froh bin, dass Terry nicht auf Conor traf. Ansonsten hätte ich mir wieder viele wohlgemeinte Ratschläge anhören können und die wiederkehrende Nachfrage, wie denn der Stand mit Bruce ist.

So bin ich froh, dass ich mir zunächst selbst klar werden kann, was ich möchte. Definitiv hat mich nicht der Blitz getroffen wie bei Bruce. Dennoch gefällt mir Conor, wobei ich derzeit nicht sagen kann, ob sich amouröse Gefühle entwickeln werden, oder er jemand sein könnte, mit dem ich mich anfreunde.

Kapitel 3

„Das glaub ich nicht!"

Einen derartigen Ausspruch aus Terrys Mund zu hören, bedeutet schon etwas, und so folgt mein Blick sogleich ihrem, der sich der Person angeheftet hat, die in diesem Augenblick das Café betritt.

Nach dem gestrigen Tag, der durch Aufräumarbeiten geprägt war, herrscht heute wieder regulärer Betrieb, worüber ich froh bin. Denn so grübele ich nicht ständig über Conor und ob er jemand ist, der eine wichtigere Rolle in meinem Leben einnehmen könnte. Happy bin ich, dass es mir gelang, Terry nichts davon zu erzählen, so dass ich der einzige Mensch bin, der mir selbst gegenüber Rechenschaft ablegen muss.

„Mein Gott, jetzt stell dich doch nicht so dämlich an!", schallt es zu uns herüber. Der Ausruf stammt von der Person, die sogar Terry zum Staunen brachte: Overknees aus Schlangenleder, rot gelockte Mähne und munter in ihr Handy brabbelnd, das sie vor dem Mund hält und zur Freude aller Gäste auf Lautsprecher gestellt hat.

„Das übernehme ich." Terry stürmt auf die Dame zu. „Miss. Das geht nicht."

Die Rothaarige wirft Terry einen entgeisterten Blick zu.

„Wir haben heute das Treffen einer Migräne-Selbst-
hilfegruppe.“

Die Frau lässt sich auf einen Stuhl fallen und beendet
das Gespräch. „Der versteht es ohnehin nicht. Da ist jedes Wort zu viel.“

„Sie sagen es, zu viele Worte.“ Terry wischt über den
Tisch. „Darf ich Ihnen etwas bringen? Ein Headset, Hör-
gerät oder stilles Wasser?“

Ich gehe auf den Tisch zu, da ich fürchte, einschreiten
zu müssen. Dieses Mal geht Terry zu weit.

Die Rothaarige mustert Terry von Kopf bis Fuß, nickt
anerkennend und sagt grinsend: „Da hat jemand nicht
nur Humor, sondern auch noch Mut. Das gefällt mir.“

Irritiert bleibe ich stehen und registriere erleichtert,
dass die Gespräche der übrigen Gäste, die angesichts
des Auftritts von Miss Overknees zum Erliegen kamen,
wieder aufgenommen werden.

„Ich nehme einen Kaffee und den kalorienreichsten
Kuchen, den Sie haben.“ Die Dame lehnt sich zurück
und beginnt, auf ihrem Handy herumzutippen.

„Wie Ihr wünscht, Mylady.“ Terry macht einen
Knicks, den die Rothaarige nicht mitbekommt und
steuert auf mich zu.

„Was ist das denn für Eine?“, zische ich.

Terry begleitet mich zur Theke. „Keine Ahnung. Aber
da sie jetzt ruhig ist, kann ich sie schlecht rauswerfen,
oder?“

„Stimmt wohl.“ Ich betrachte die Rothaarige. „Diese
Stiefel. Schlangenlederoptik, das muss frau sich erst
mal trauen.“

„Passt zu ihr.“ Terry öffnet die Kuchentheke und holt
die Schwarzwälder Kirschtorte heraus.

Die Lady betrachtet sich mittlerweile in der Selfie-Kamera ihres Smartphones. Ich schätze sie auf Ende fünfzig, doch aus den Posen, die sie Richtung Handy vollführt, das komplette Programm mit Duckface und Klimperaugen, sind selbst Terry und ich herausgewachsen. Um ehrlich zu sein, wir waren ohnehin nie die Typen für diese billige Zurschaustellung.

„An wen erinnert die mich?", denke ich laut.

„Chlorgas? Das verursacht ein ähnliches Brennen in den Augen." Terry stellt die Tasse Cappuccino, die sie zubereitet hat, zu dem Teller mit dem Tortenstück aufs Tablett.

„Natürlich!", stoße ich hervor, denn soeben glotzt Miss Overknees mit eben jenem Blick in ihre Handykamera, die die Assoziation herstellt. „Die Schlange Kaa."

Terry sieht mich an, als wäre ich nicht ganz bei Trost, dann umspielt ein Lächeln ihre Mundwinkel. „Aus dem Dschungelbuch? Das passt." Sie greift das Tablett. „Dann gehe ich mal die Schlange füttern, bevor sie sich auf unsere Gäste stürzt."

Terry serviert, und der Betrieb läuft weiter, während mein Blick immer wieder zur Schlange wandert, die unvermittelt aufspringt, um das Café zu verlassen. Meine anfängliche Befürchtung, sie prelle die Zeche, entpuppt sich als Trugschluss. Denn Madame trainiert vor unserem Café ihre Lungen, indem sie eine Kippe nach der anderen gierig inhaliert und synchron in ihr Handy krakeelt.

Ich zähle nicht mit, wie viele Zyklen aus Rausgehen zur Rauch-Brüll-Orgie und enthusiastischem Kuchen- und Kaffeevertilgen die Schlange durchläuft, auf ihrer Rechnung haben sich schließlich drei Stücke Kuchen und sechs Tassen Cappuccino angesammelt, so dass ich hochrechnen kann.

Als sie das Café verlässt, raune ich Terry zu. „War sie auch nur einmal zur Toilette?“

„Hast du ihre Haut gesehen? Die ist so trocken, ich glaube, dass jeder Tropfen Flüssigkeit in ihrem Innern augenblicklich verdampft, da bleibt nichts mehr für die Blase.“

Schräg gegenüber des Cafés ist eine Parfümerie. Keine dieser Ketten, sondern ein edler Laden, der nur Düfte im oberen Preissegment anbietet. Mich überrascht, dass dieses Geschäft eine Frau wie die Schlange anzieht, als ich beobachte, wie sie darin verschwindet.

So unangenehm sie auch war, solch extreme Persönlichkeiten faszinieren mich. Neben der Möglichkeit, meine Backpassion ausüben zu können, ist es der Grund, warum ich das Café mag, das einen Schmelztiegel der Kulturen, Stimmungen und unterschiedlichen Historien bildet. Womöglich hat Conor recht, und ich sollte die Erlebnisse aufschreiben. Ausreichend Material käme definitiv zusammen.

Die Frage, mit wem die Schlange die ganze Zeit telefoniert hat, treibt mich ebenso um wie die, wo sie die drei Stücke Kuchen, die sie verspeist hat, als wäre es die erste Mahlzeit nach einem Hungerstreik, gelassen hat. Doch mit ihrer hektischen Art verbrennt sie im Vergleich zu mir den vermutlich dreifachen Kaloriengehalt. Tauschen möchte ich dennoch nicht, denn sie wirkt zudem wie die Art Frau, die in Bälde an einem Herzinfarkt versterben wird.

Am Ende des Arbeitstages setze ich mich an die Buchhaltung, als das Telefon klingelt. „Hallo?" Ich lausche angestrengt, kann aber niemanden hören.

In dem Augenblick, als ich auflegen möchte, ertönt ein zartes Stimmchen: „Entschuldigung. Sie sind das doch mit den Kuchen?"

Ich runzele die Stirn. „TerryLinns genau. Wir betreiben ein Café und bieten auch Backen und Lieferung von Kuchen und Torten für Ihre Feier an."

„Ach, entschuldigen Sie. Ich habe so selten Kontakt mit der Außenwelt, da tue ich mich ein wenig schwer."

„Kein Problem. Was kann ich denn für Sie tun?" Dieses Gespräch wird von Sekunde zu Sekunde seltsamer. Was soll bitte „selten Kontakt mit der Außenwelt" bedeuten?

„Es geht um unsere Schwester Nelly. Sie hat in zwei Tagen ihr zehnjähriges Klosterjubiläum und sich damit eine kleine Feier verdient. Verstehen Sie?"

„Oh, ja." Eine andere Entgegnung fällt mir nicht ein. Zumindest schwant mir nun, woher der Anruf kommt. „Sie sind eine der Nonnen aus dem Kloster? Aus dem auch das Blockflötenquartett stammt?" Bei der letzten Frage muss ich breit grinsen, erinnere ich mich doch an das Penistorten-Armageddon.

„So ist es." Die Stimme der Nonne wirkt entspannter. „Das Benediktinerinnenkloster der heiligen Maria Magdalena. Mein Name ist Schwester Agnes."

„Es freut mich, Sie kennenzulernen, Schwester Agnes."

„Oh, Sie kennen mich bereits, oder zumindest sind wir uns schon persönlich begegnet. Ich spiele die dritte Blockflöte in unserem Quartett."

„Natürlich." Ich hoffe, das klingt überzeugend. Um ehrlich zu sein, ich habe kein Gesicht vor Augen. Aus den Reihen des pfeifenden Quartetts erinnere ich einzig die gestrenge Edith und Tomatia, alias Pastinaka. Ich vermute, dass es sich bei Letztgenannter um Jubilarin Nelly handelt. „Schwester Nelly spielt die vierte Flöte? Sie stand ganz außen und ..." Die Überlegung, dies unverfänglich zu formulieren, benötigt einen Moment. „Sie spielte besonders inbrünstig."

„Das ist zutreffend. Nelly legt sich stets heftig ins Zeug. Nicht immer notensicher, jedoch mit dem Wunsch im Herzen, ihre Zuhörer zu erreichen."

Ich verkneife mir den Kommentar, dass ihr das definitiv gelingt, denn es erscheint unmöglich, die Ohren vor derart hochfrequentem Gefiepe zu verschließen. „Was haben Sie sich denn vorgestellt?"

„Wie bitte?"

„Welche Sorte Kuchen? Oder eine Torte? Schwebt Ihnen eine besondere Form vor?" Ich hoffe, dass Schwester Agnes nicht auf die Idee kommt, eine Blockflötenform für den Kuchen anzufordern, die dann große Ähnlichkeit mit der Gestalt des Backwerks hätte, welches das Flötenquartett aus dem Konzept brachte.

„Ginge ein Sportwagen?"

„Ein was?" Mir klappt die Kinnlade nach unten. Mit allem hätte ich gerechnet, aber nicht damit.

Agnes stößt ein nervöses Kichern aus. „Sie sind etwas überrascht?"

„Nun ja ..."

„Wir Schwestern sind nicht alle streng traditionell. Natürlich eint uns der Glaube und dass dieser Priorität hat, aber ansonsten haben wir recht unterschiedliche Vorlieben.“

„Und Schwester Nelly haben es Sportwagen angetan?“

„So ist es. Das ist auch unser Plan zu ihrem Jubiläum. Schwester Edith wird das nicht gefallen, aber sei es drum. Nelly tut so viel Gutes, da hat sie sich das verdient. Sie bietet Kurse an für junge Menschen, denen es schwerfällt, einen Job zu finden. Der Benediktinerorden hat sich schon immer kulturell und im Bildungsbereich engagiert, wobei einige von uns, mich eingeschlossen, eher zurückgezogen leben. Nelly aber konnte bereits vielen Menschen auf den Weg helfen.“

Langsam frage ich mich, ob Agnes ihre Klausur überdenken sollte. Erhöhte Mitteilsamkeit, die ich jedoch nicht aufdringlich, sondern vielmehr aufschlussreich empfinde, lässt auf Vereinsamung schließen. „Denken Sie an einen bestimmten Sportwagen?“

„Einen bestimmten?“

„Na, zum Beispiel einen Porsche oder Ferrari?“

„So genau können Sie das umsetzen?“

„Werden uns alle Mühe geben.“

„Nelly erzählt gerne von einem Auto, das sie besaß, bevor sie in unser Kloster eintrat. Ich glaube, das war ein Porsche.“ Eine Pause entsteht, dann fährt Agnes fort: „Ja, ich bin mir sicher. Porsche. 911. Kann das sein?“

„Ich schaue mal kurz nach.“ Ich bewege die Maus, um den Bildschirmschoner zu beenden und tippe dann in die Suchmaske „Porsche 911“ ein. „Den gibt es.“

„Ach, toll. Da wird sie sich freuen.“

„In zwei Tagen?“

„Genau.“

„Dann benötige ich noch die Uhrzeit und die Adresse."
Ich notiere die Informationen und erfahre zudem, dass
Nelly gerne Schokoladenkuchen isst. Nach Beendigung
des Gespräches freue ich mich nicht nur auf das Backen, sondern bin auch gespannt darauf, das Kloster
kennenzulernen. Ich kann mich nicht erinnern, jemals
eines besucht zu haben, so dass sich meine diesbezügli-
chen Eindrücke auf die „Sister Act"-Filme beschränken.
Womöglich schlummert in den Nonnen etwas, das nur
darauf wartet, der Kontrolle entzogen und dadurch
entfesselt zu werden?

Kapitel 4

Hey Linn!
Mein Chef fand die Idee einer kleinen Serie super!
Würde Dich gerne auf einen Drink einladen, dann können
wir alles besprechen.
Freue mich, von Dir zu hören.
LG Conor
P.S.: Bin immer noch stolz auf meine aufwändig geplante
Anmachmasche.

Lächelnd starre ich auf das Handydisplay. Der Gedanke, ob es kein gutes Zeichen ist, dass ich Conors Nachricht nicht herbeisehnte, wie es der Fall ist, wenn mir ein Kerl gefällt, löst sich auf, angesichts der Freude, die warm in mich strömt, als ich seine Nachricht ein weiteres Mal lese. Anstatt dieses zart aufkeimende Pflänzchen sogleich durch Bedenken zu ersticken, beschließe ich, dankbar zu sein, dass es jemanden gibt, der wirkliches Interesse an mir hegt und dem ich mich nicht kopflos auf der Stelle an den Hals werfen möchte.

Anstatt zunächst mit der Antwort zu warten, tippe ich meine Nachricht sogleich ein:

Hey Conor!
Das ist ja super!

Falls nicht zu kurzfristig, können wir uns heute um 20 Uhr treffen.
Kennst Du Simmons Bar (Bateman Street)?
LG Linn

Die Antwort lässt nicht lange auf sich warten:

Kenne ich und heute Abend 20 Uhr passt super.
Dann bis später,
ich freue mich!

Ich überlege, ob eine Antwort meinerseits notwendig ist und entscheide mich dann für ein Daumen-hoch- und Zwinker-smiley-Emoji.

„Da hat aber jemand gute Laune", kommentiert Terry mein Betreten der Küche.

Im Grunde kann ich Terry nicht weiter im Dunkeln lassen, insbesondere, sollte demnächst die geplante Serie beginnen. Zwar liest sie keine Zeitung aber womöglich unsere Gäste, die dann Terry darauf ansprechen. Nur wie soll ich Terry die Angelegenheit erklären, ohne dass es wirkt, als habe ich ihr etwas verheimlicht?

„Darf ich dich um etwas bitten?"

Terry hebt eine Braue. „Ui, was kommt denn jetzt?"

„Nichts Dramatisches. Ich möchte dir etwas erzählen, ohne dass du deine typischen Kommentare und Ratschläge dazu abgibst. Okay?"

Terry vollführt eine Geste, als verschließe sie ihren Mund mittels Reißverschluss. Obwohl sie sich um eine typische alberne Terry-Grimasse bemüht, ist ihr anzumerken, dass meine Frage sie getroffen hat.

Den Ruf meines Gewissens, das Gesagte zu entkräften, lasse ich ungehört verhallen. Mehr an mich und meine Bedürfnisse zu denken, habe ich mir auf Norahs Trauerfeier geschworen, und daran will ich festhalten. „Vorgestern habe ich im Café jemanden kennengelernt. Er heißt Conor und ist Journalist."

„Wir hatten doch geschlossen?"

„Ja. Und das war am Vormittag, bevor du kamst. Er hat ganz lieb darum gebeten, ausnahmsweise einen Kaffee zu bekommen, da wollte ich kein Arsch sein."

All die Fragen, die sie mir zu gerne stellen würde, spiegeln sich in Terrys Gesicht. Sie presst die Lippen zusammen, ohne dass denen eine davon entweicht.

Das nötigt mir Respekt ab, so dass ich beschließe, mehr ins Detail zu gehen, als ich zunächst wollte. „Ja, er sieht nicht schlecht aus, und ja, man kann unser Gespräch wohl auch als Flirt bezeichnen. Vor allem aber hat mir gefallen, dass ich den Eindruck habe, dass er aufrichtiges Interesse an mir hat und ich nicht in Schockstarre verfallen, sondern locker geblieben bin. Ich habe ein bisschen vom Café und dem Pinguin-Fall erzählt, woraus die Idee entstand, dass er daraus Beiträge für eine Kolumne schreibt, die im London Telegraph erscheint."

„Hört sich doch super an." Selten habe ich diesen Tonfall von Terry gehört. Ihre Aussage wird dadurch zu etwas Totem, das zwischen uns auf den Boden klatscht.

In diesem Moment wird mir bewusst, dass ich erwartet habe, von Terry in den Arm genommen zu werden oder zumindest zu hören, dass sie mich verstehen kann. Dass ihre Ratschläge wohlgemeint waren, sie jedoch nachvollziehen könne, dass es bei mir nicht immer so ankommt. Umgekehrt könnte ich diese Punkte anführen und die Anspannung lösen, die diesen Augenblick in eine unangenehme Haltung zwingt.

„Natürlich werde ich darauf achten, dass auch du im Beitrag erwähnt wirst."

Terry schüttelt den Kopf. „Das brauchst du nicht. Das ist deine Bühne, und so soll es auch bleiben."

Mich fröstelt, und der Appetit auf Müsli ist mir vergangen. „Sollen wir los?"

„Klar."

Wir legen den Weg zum Café schweigend zurück, und es bedarf keiner intensiven Analyse, um festzustellen, dass dieses Schweigen bedrückend ist. Im kurzen Gespräch in der Küche wurde zwischen uns Porzellan aus dem Schrank unserer Freundschaft zerschlagen, und es fällt mir schwer, abzuschätzen, wie groß der Schaden ist. Manch zerborstenes Inventar lässt sich kitten, anderes nicht. Und selbst zusammengefügt bleiben die Risse zumeist sichtbar.

Während des Arbeitstages schwankt meine Stimmung zwischen Selbstanklage, ob meines Verhaltens Terry gegenüber und dass ich unserer Verbindung dadurch Schaden zufügte, und Zustimmung, dass es richtig war, mich zu behaupten und dass dies unsere Freundschaft auf eine neue Ebene heben kann. Eindeutig ist, dass sich etwas verändert hat zwischen uns.

Als die Schlange heute das Café betritt, kommentieren wir das untereinander nicht, obwohl ich Terry ansehe, dass die Rothaarige auch ihr ins Auge springt. Wieder ist die Lady am Telefon, senkt jedoch die Stimme beim Betreten. Dennoch kann ich verstehen, was sie zischt: „Wenn du mir untreu bist, weiß ich nicht, was ich tue." Sie erblickt mich und beeilt sich, das Gespräch zu beenden.

„Kuchen und Cappuccino?", frage ich, am Tisch der Schlange angelangt.

„Unbedingt. Hat mir gestern so gut geschmeckt, dass ich gleich heute wieder gekommen bin."

„Das freut uns. Eine besondere Vorliebe?"

„Wie bitte?"

Hitze schießt mir in den Kopf. Diese Frage war selbstverständlich missverständlich. „Welcher Kuchen darf es denn sein?"

„Wissen Sie was? Überraschen Sie mich. Mir schmeckt alles."

Die Schlange beginnt, auf ihrem Smartphone herumzutippen, und ich steuere auf die Kuchentheke zu. Überlege davorstehend einen Augenblick und entscheide mich dann für ein Stück einer Pudding-Buttercreme-Torte, der ich selbst kaum widerstehen kann. Man sollte glauben, dass einem bei der ständigen Arbeit in der Backstube der Appetit auf Kuchen vergeht, aber das Gegenteil ist der Fall. Zumindest in meinem Fall.

„... und ich bin nicht bescheuert. Ich glaube nicht, dass du nur länger gearbeitet hast." Die Schlange sieht auf, als sie mich nahen hört, und tippt auf das Display ihres Smartphones.

Wie es aussieht, hat sie eine Sprachnachricht aufgenommen. „Da wären wir", sage ich, um die Peinlichkeit zu durchbrechen, die spürbar ist, als hätte ich sie bei etwas Ungehörigem ertappt. Womit der Schlange eine verschobene Selbsteinschätzung zu attestieren ist, denn die Lautstärke, in der sie ihre Telefonate durchführt, lassen ganz London daran teilhaben.

„Der sieht ja köstlich aus!"

Dieser Ausruf aus der Tiefe des Herzens, gepaart mit einem Lächeln, ruft mein Gewissen auf den Plan, das mich daran erinnert, nicht von einem oberflächlichen Eindruck auf die Persönlichkeit eines Menschen zu schließen. Wer weiß, welche Sorgen die Schlange hat?

„Ist auch einer meiner Lieblingskuchen."

„Das wundert mich, ich hätte gedacht, dass man sich für Kuchen nicht mehr erwärmen kann, wenn man den ganzen Tag davon umgeben ist." Die Art, wie die Schlange im Anschluss meinen Bauch fixiert, wischt sämtliche Sympathie, die ich ihr zuvor entgegenbrachte, oder entgegenbringen wollte, beiseite.

„Ohne Liebe für das, was man tut, gelingt nichts Besonderes." Mit diesen Worten wende ich mich ab, möchte ich doch nicht auf eine Entgegnung der Schlange warten.

Obwohl ich mir sage, nichts auf die Meinung einer Tussi wie die Schlange zu geben, weckt es einen Gedanken in mir, den ich schon länger mit mir herumtrage: Ich werde mich wieder im Fitnessstudio anmelden und den kleinen Bauchansatz angehen. Ein Vorsatz, den ich nicht zum ersten Mal fasse, doch dieses Mal weiß ich, dass ich ihn in die Tat umsetzen werde. Ich scheine einen Punkt in meinem Leben erreicht zu haben, an dem es gilt, die Dinge anzugehen und zu verändern.

Die Schlange inhaliert währenddessen nicht nur Kuchen und Kaffee, sondern zudem Zigaretten und malträtiert während der Aufenthalte vor dem Café ihr

Handy mit akustischem Beschuss und wütendem Daumen. Telefoniert sie stets mit derselben Person? Ohne sagen zu können, weshalb, vermute ich das.

Der nächste Gast zerreißt das Gedankengarn, das mein Hirn um die Schlange gesponnen hat. Abbey kommt strahlend auf mich zu. „Endlich habe ich es mal wieder geschafft." Wir drücken einander.

„Alles klar bei dir?"

„Absolut. Nach der Trauerfeier ist so vieles passiert. Du erinnerst dich doch noch an das Projekt mit der mobilen psychologischen Hilfe?"

„Das Miss Green bei Norahs Beerdigung angekündigt hat?"

„Genau das." Abbey nimmt auf einem Barhocker am Tresen Platz, und ich verschwinde dahinter. „Rate mal, wer das koordinieren darf?"

„Ich könnte mir vorstellen, dass die Person vor mir sitzt?"

„Exakt. Kaum zu glauben, wie es angenommen wird. Wir denken bereits über einen zweiten Wagen nach."

„Echt? Nach der kurzen Zeit?" Ich mache mich an die Zubereitung eines Latte, da ich weiß, dass Abbey den gerne trinkt.

„Kaum zwei Wochen, aber die Menschen rennen uns die Bude ein. Erschreckend, wie hoch der Bedarf an einer psychologischen Beratung ist."

„Wundert mich nicht, um ehrlich zu sein. Ich habe den Eindruck, dass unsere Welt immer kaputter wird, und einen Platz bei einem Therapeuten zu finden, ist nahezu unmöglich."

„Genau das ist das Nadelöhr des Projektes. Es fehlen Therapeuten.“ Abbey verschränkt die Arme vor der Brust.

„Wie habt ihr das gelöst?“

„Derzeit unterstützen uns zwei Therapeuten, die bereits im Ruhestand sind, und sich freuen, auf ehrenamtlicher Basis etwas beitragen zu können.“

„Sicherlich ein Glücksgriff.“ Den Kaffee gieße ich in die aufgeschäumte Milch, woraufhin die sich aufteilt, um ihm die typischen drei Schichten zu verleihen.

„Auf jeden Fall. Wobei insbesondere ältere Menschen gerne wieder eine aktive Rolle übernehmen. Aber Psychotherapeuten gibt es nicht in rauen Mengen. Der sieht toll aus.“ Abbey betrachtet bewundernd das Glas mit der Kaffeekreation.

„Dankeschön“, entgegne ich beim Servieren. „Und ich verstehe, was du meinst.“

„Wir sollten dankbar sein, den einen Wagen betreiben zu können.“

„Hey, Abbey. Was für eine schöne Überraschung“, sagt Terry, die den Tresen erreicht, nachdem sie einen Tisch abgeräumt hat. Sie umarmt Abbey.

„Ich habe Linn gerade erzählt, dass die mobile Beratungsstelle sehr gut angenommen wird.“

„Das freut mich. Aber hat dir die Chefin noch nicht mal ein Stück Kuchen angeboten?“

Dass Terry mir zuzwinkert, mindert den vorwurfsvollen Unterton nicht, der nicht nur meiner mangelnden gastronomischen Betreuung Abbeys geschuldet ist.

„Wir waren derart ins Gespräch vertieft und schließlich habe ich einen wunderbaren Latte bekommen“, versucht Abbey, der die eisige Stimmung zwischen Terry und mir auffällt, die Situation zu entschärfen.

„Jetzt bekommst du auf jeden Fall einen Käsekuchen. Oder Schoko?"

„Beides prima." Abbey streicht sich eine Haarsträhne hinters Ohr. „Bei euch scheint es ja gut zu laufen." Sie wendet sich dem fast vollen Gastraum zu.

„Und schon werde ich wieder verlangt. Bin gleich wieder da." Terry verlässt uns, um einen Tisch nahe der Eingangstür abzukassieren.

„Was ist denn bei euch los?", flüstert Abbey.

Ich serviere ihr das Stück Käsekuchen und zucke mit den Schultern. „Nur atmosphärische Störungen. Kennst du dieses Gefühl, sich freizuschwimmen?"

Abbey überlegt kurz und nickt. „Aber in Bezug auf was schwimmst du dich frei?"

Aus dem Augenwinkel bemerke ich, dass Terry auf dem Rückweg zur Theke ist.

„Lass uns die Tage mal treffen. Ich schreibe dir, okay?"

„Gerne."

Kaum ist Terry wieder bei uns, wirft sie einen Blick zurück und sagt: „Mann, jetzt geht es wirklich Schlag auf Schlag."

„Das übernehme ich." Ohne eine Entgegnung Terrys abzuwarten, steuere ich auf ein Pärchen mittleren Alters zu, das zahlen möchte.

Ist es bedenklich, dass ich lieber mit Abbey reden möchte, was Conor anbelangt? Oder ist es an der Zeit, mir einzugestehen, dass sich an der Dynamik zwischen Terry und mir etwas geändert hat? Allen Beteuerungen zum Trotz – die Paar-Terry ist eine andere.

Kapitel 5

Simmons Bar versprüht mit ihrer schlichten Einrichtung und der stimmungsvollen Beleuchtung eine urige Atmosphäre. Obwohl der Gastraum gut gefüllt ist, bemerke ich Conor sogleich, der mir freudig aus einer der Sitznischen zuwinkt, die sich auf der rechten Seite nebeneinanderreihen.

Am Tisch angelangt, ergibt sich eine peinliche Situation, als Conor aufsteht und keiner von uns zu wissen scheint, wie wir einander begrüßen sollen. Die Hand geben? Zu steif. Umarmen? Zu vertraut. Das Ergebnis ist ein seltsamer Tanz, bei dem der eine dem anderen die Hand entgegenstreckt, während der sich gerade an einer Umarmung versucht, und endet damit, dass wir uns zuwinken, um im nächsten Augenblick in Gelächter auszubrechen. Was dem krampfigen Beginn ein aufgelockertes und fröhliches Finale beschert.

„Wenn man die Dinge zu verkopft angeht", kommentiert Conor und wischt sich eine Träne aus dem Augenwinkel.

„Ich bin da auch nicht besser und sage mir jedes Mal, mehr auf mein Bauchgefühl zu hören."

„Was hat dein Bauch dir denn eben gesagt?"

„Dass ich dich zur Begrüßung umarmen möchte."

„Na dann." Conor breitet die Arme aus.

Einen Moment zögere ich, denke dann an das soeben Gesagte und mache einen Schritt auf ihn zu, um Conor zu drücken, was meine Brust mit Wärme flutet. „Ich hoffe, ich kann dir ausreichend Material liefern für deine Kolumne", sage ich, nachdem wir Platz genommen haben.

„Mach dir keine Sorgen. Ich bin mir sicher, dass es spannender ist als ein Schachturnier rüstiger Senioren im Hyde Park."

Ich grinse. „Was die Senioren anbelangt, kann ich ebenfalls Geschichten beisteuern. Die sorgen für mehr aufregende Begebenheiten, als du vermuten würdest. Zumal das Magnolia Gardens zu unseren Stammkunden gehört."

„Magnolia Gardens?"

„Eine Altersresidenz außerhalb der Stadt."

Die Bedienung kommt an unseren Tisch, und Conor ordert ein Bier, ich einen Aperol Tonic.

„Okay. Aber als erstes würde ich gerne wissen, wie ihr dazu gekommen seid, ein Café zu eröffnen."

„Das war Terrys Idee. Zumindest war sie die treibende Kraft. Nach Beendigung unserer Konditorausbildung bekamen wir Jobs in unterschiedlichen Betrieben. Ich fertigte Pralinen für die Süßwarenabteilung eines eleganten Kaufhauses an, und Terry bekam eine Anstellung in einem Café, ähnlich dem, was wir heute betreiben."

Die Bedienung serviert uns die Getränke.

„Cheers!" Conor stößt mit mir an, und ich nehme einen Schluck.

„Ich war unglücklich in diesem Job. Ich bin nicht nur Konditorin geworden, um mich ausprobieren zu können, sondern auch, um mitzuerleben, wie meine Kreationen die Kunden erfreuen. Beides war mir nicht vergönnt, denn Sorten und Anzahl der Pralinen waren vorgegeben, und da die Kunden sie im Kaufhaus erwarben und zu Hause verspeisten, erhielt ich noch nicht mal ein Feedback, ob und wie sie ihnen geschmeckt hatten. Ich kam mir vor wie eine Fabrikarbeiterin. Nicht nur, weil ich keinerlei Kundenkontakt hatte, sondern da die Arbeit durch Quoten vorgegeben wurde. ‚Heute müssen x Pralinen der Sorte y angefertigt werden‘ und so weiter.“

„Hört sich tatsächlich nicht nach einem Job an, der durch Leidenschaft geprägt ist.“

„Und dabei war Leidenschaft der Grund, Konditorin zu werden.“

„Das wusstest du schon immer?“

„Im Grunde ja, aber als ich mit der Schule fertig war, wollten meine Eltern, dass ich studiere.“

„Und hast du das?“

„Leider ja. Ein paar Semester Anglistik und Biologie. Ich dachte daran, Grundschullehrerin zu werden. Wie gesagt, entsprang das eher dem Zwang, es meinen Eltern recht zu machen. Mein Traumberuf jedoch war immer schon Konditorin. Es hört sich vielleicht seltsam an, aber so vieles an dem Job macht mir Spaß: Da ist zum Beispiel die Arbeit mit den Händen, und selbst nach Jahren der Tätigkeit fasziniert mich, dass durch die Kombination verschiedener Zutaten etwas Neues entsteht.“

Conor lächelt. „Das hast du schön ausgedrückt." Er zieht einen Notizblock aus der Brusttasche seines weißen Hemdes. „Stört es dich, wenn ich Notizen mache?"

„Überhaupt nicht."

„Und Terry und du, ihr kennt euch schon länger?"

„Seit der Grundschule. Und wir haben einander nahezu alles nachgemacht. Die einzige Abweichung ergab sich beim Studium. Terry begann mit Pharmazie, war damit aber ebenso unglücklich wie ich mit Anglistik und Biologie. Die Idee, Konditorinnen zu werden, kam uns beiden zur gleichen Zeit, und wir haben am West London College die entsprechenden Kurse absolviert."

„Wie seid ihr auf die Idee eines eigenen Cafés gekommen?"

„Zum Zeitpunkt unseres ersten Konditorjobs wohnten wir noch bei unseren Eltern und pendelten täglich. Da wir dieselben Arbeitszeiten hatten, fuhren wir stets gemeinsam und verbrachten auch die Freizeit miteinander. Natürlich habe ich Terry von meiner Unzufriedenheit erzählt. Obwohl sie in ihrem Café glücklicher war als ich in meiner Fabrik, hatte in ihrem Kopf der Plan eines eigenen Betriebes bereits Wurzeln geschlagen. Ich war zunächst nicht bereit für solch einen Schritt, wollte nicht so ohne weiteres einen Job mit regelmäßigem Gehalt aufgeben."

„Kann ich verstehen. Bevor ich beim Telegraph die Stelle hatte, war ich freier Journalist, und es war die Hölle. Ich kam mir vor wie eine Hure." Conor lacht nervös. „Sorry."

„Kein Problem. Ich verstehe, was du meinst. Du musst dich oder deine Arbeitsleistung ständig anbieten."

„Genau. Das waren die anstrengendsten Jahre meines bisherigen Lebens. Der Job jetzt ist auch fordernd, aber zumindest weiß ich, dass meine Texte gedruckt und ich dafür bezahlt werde.“

„Es ist nicht ohne Risiko, selbstständig zu sein. Inzwischen ist das Café glücklicherweise aus dem Gröbsten raus, aber die erste Zeit war angespannt. Und dann saß mir auch noch meine Mutter im Nacken mit dem wohlgemeinten Hinweis, dass sie es mir ja gesagt habe.“

Conor lacht. „Das kenne ich. Meine Eltern waren über meine Berufswahl auch nicht begeistert. Mittlerweile ist es okay, aber bevor ich die Festanstellung bei der Zeitung hatte, bekam ich genau das Gleiche zu hören. Bei jedem Zusammentreffen. Bis ich ihnen klar gemacht habe, dass ich den Kontakt reduzieren, wenn nicht gar abbrechen würde.“

„Wow!“ Mein Ausruf entspringt aufrichtiger Bewunderung. „Ich habe mir immer gewünscht, das so klar gegenüber meinen Eltern kommunizieren zu können. Besonders meiner Mutter.“

„Aber?“

„Anfangs habe ich mich nicht getraut, doch mittlerweile habe ich ihnen meinen Standpunkt klar machen können. Und sie bekommen ja auch mit, dass es inzwischen läuft.“ Ich nehme einen Schluck von meinem Getränk, stelle es ab, um das Glas zwischen den Fingern zu drehen. „Womöglich tue ich ihr damit unrecht, aber es würde mich nicht wundern, wenn meine Mutter insgeheim weiterhin unser Scheitern herbeisehnt, um mir diese Predigt erneut halten zu können.“

Conor hebt sein Glas. „Auf unsere Träume und dass wir mutig genug waren, sie zu verwirklichen.“

Wir stoßen an, und ich bin fasziniert von diesen grünen Augen. Haben die vorher schon geleuchtet? Oder liegt das am Licht? „Wie war noch gleich die Frage?" Ich wende den Blick ab und betrachte die Tischplatte. Dieselbe Souveränität wie bei unserem ersten Treffen bringe ich nicht auf. Ob das an der unbekannten Umgebung liegt? Womöglich fühle ich mich im Café sicherer?

„Ich habe keine Frage gestellt." Conor legt den Kopf schief und grinst.

So langsam wird mir klar, weshalb mein Selbstbewusstsein sich verkrümelt hat. „Wie wir zum Café kamen." Ich bin dankbar, damit das Gespräch wieder auf Spur bringen zu können.

„Ach so. Stimmt." Conor nimmt den Stift in die Hand.

„Im Grunde lief das stufenweise ab. Zumindest bei mir. Mehr als drei Jahre habe ich es bei meinem ersten Job ausgehalten. Man mag das nicht glauben, aber ich bin zäh und kann unangenehme Situationen aushalten, wenn sie einem Zweck dienen. Dann wurde bei Terrys Arbeitgeber eine Stelle frei. Dieser Job hat Spaß gemacht, besonders, da ich mit Terry zusammenarbeitete." Ich stocke beim Gedanken an Terry und muss zweimal schlucken, um weiterzusprechen. „Um ehrlich zu sein, womöglich wären wir heute noch dort, zumindest ich, wenn sich die Umstände nicht geändert hätten. Die Chefin war freundlich und wusste unsere Arbeit zu schätzen. Zudem haben wir von ihr einen Großteil des Rüstzeugs für den eigenen Betrieb gelernt."

„Jetzt bin ich gespannt."

„Die Chefin erkrankte an Brustkrebs, und von jetzt auf gleich brauchte ihr Café einen neuen Chef. Sie setzte ihren langjährigen Mitarbeiter ein. Der war nicht unbedingt Terrys und mein Fall, aber wir hatten uns mit ihm arrangiert. Als er dann Chef wurde, stieg ihm die Macht zu Kopf. Er wurde zunehmend unausstehlich und aufbrausend. Nichts war gut genug, und ständig kam er mit neuen Ideen, die wir umsetzen sollten." Ich räuspere mich und nehme einen weiteren Schluck, um meine Kehle zu befeuchten. „Wie ich zuvor sagte, ich bin leidensfähig, was nicht immer gut ist, und wäre womöglich dennoch geblieben, aber Terry war anderer Meinung. Und dann zeigte sie mir vor einem guten halben Jahr die Anzeige im Internet für das Ladenlokal."

„Eine leichte Entscheidung?"

„Überhaupt nicht. Zumindest nicht für mich. Terry war gleich Feuer und Flamme. Doch es ist unsere Dynamik, dass ich zumeist diejenige bin, die bremst und Bedenken hat. Das hat uns das ein oder andere Mal die Haut gerettet, in anderen Fällen war es besser, dass ich mich durch Terry zum Gegenteil überzeugen ließ."

„Wie beim Café?"

Ich nicke. „Anfangs sah ich das nicht so, im Gegenteil. Aber mittlerweile bin ich froh, dass wir den Schritt vollzogen haben."

„Ihr habt euch einen teuren Stadtteil rausgesucht für den Anfang eines Business."

„Genau das habe ich Terry auch gesagt, und sie entgegnete, dass wir dadurch aber eine höhere Chance hätten, denn eine gute Lage bedeutet normalerweise mehr Kunden." Ich kratze mich am Kinn. „Dennoch hätte ich mich sicherlich nicht für den Laden entschieden."

„Ich finde es großartig, dass ihr einander unterstützt und die eine von der anderen profitieren kann."

„Hmm." Ich starre in mein Glas und fühle mich als Verräterin, wenn ich an das letzte Gespräch mit Terry denke.

„Dann lass uns über diesen Gast reden. Wie hast du ihn gleich noch genannt?"

„Der Pinguin."

„Stimmt. Wie kam er zu dem Namen?"

Ich kläre Conor darüber auf und erzähle im Anschluss von Terrys und meinen Ermittlungen. Auch Philipp lasse ich nicht unerwähnt.

„Krasse Geschichte." Conor klopft mit der Kulispitze auf seinen Notizblock. „Ist womöglich eine bescheuerte Frage, aber wie war das, für kurze Zeit eine Verdächtige zu sein?"

Ich zucke mit den Schultern. „Schwer zu sagen. Du weißt doch, wie es ist, wenn man mit dem Auto in eine Polizeikontrolle gerät? Selbst, wenn man sicher ist, nichts falsch gemacht zu haben, macht man sich Sorgen."

„Ich weiß genau, was du meinst. Ein Gefühl des Ausgeliefertseins."

„Das ist der richtige Begriff. Ich wusste, dass es nicht mein Fehler war, aber die Indizien sprachen gegen mich, und ich wäre nicht die Erste gewesen, die für etwas belangt wird, was sie nicht getan hat."

„Und dieser Inspector?" Conor blättert durch seine Notizen. „Bruce Manville?"

Ich muss erneut schlucken. „Was ist mit ihm?"

„Ihr seid befreundet?"

Ich nehme einen großen Schluck von meinem Aperol Tonic. „Er ist ein Bekannter." Wie schon zuvor im Falle Terrys zucke ich innerlich zusammen, als hätte jemand eine Nadel in eine Voodoo-Puppe von mir gesteckt. Dabei bin ich es, die langjährige Freunde, aber auch Menschen, die sich in letzter Zeit für mich eingesetzt haben und für mich da waren, ihres Status enthebt. Oder übertreibe ich? Bei Terry muss ich mir den Vorwurf gefallen lassen, aber hinsichtlich Bruce?

Wir beenden das Gespräch über den Pinguin-Fall und das Café. Stattdessen erzählt Conor von einigen Projekten, über die er Kolumnen verfasste. Ihm zu folgen, fällt mir schwer. Immer wieder schweifen meine Gedanken zu Bruce und Terry ab, geplagt von dem schlechten Gewissen, sie verraten zu haben.

„Wo bist du gerade?" Conor legt den Kopf schief.

Ich lache nervös auf. „Sorry. War ein langer Tag heute. Ich denke, dass ich langsam reif fürs Bett bin."

Conor grinst. „Das könnte ich jetzt als Einladung oder Abfuhr auffassen."

Es dauert einen Augenblick, bis ich begreife, was er meint, dann lächle ich ebenfalls. „Es gibt noch eine dritte Möglichkeit."

„Die wäre?"

„Weder noch. Es liegt nicht an deiner Gesellschaft. Wir hatten ein schönes Treffen und tolles Gespräch, aber für heute bin ich durch. Okay?"

Conor nickt, aber ein Ausdruck in seinen Augen verrät mir, dass er sich ein anderes Ende für diesen Abend gewünscht hat. Zwar ertappe ich mich bei der Frage, wie sich seine Lippen auf meinen anfühlen mögen, doch heute sind zu viel Terry und Bruce in meinem Kopf, um mich darauf konzentrieren zu können.

Der Abschied gestaltet sich ein wenig krampfig, und auf dem Heimweg frage ich mich, wie es weitergehen soll. Wieso glaube ich, dass eine Änderung bevorsteht?

Kapitel 6

„Nein, rot müssen sie sein und mit Dornen. Hören Sie mir überhaupt zu?"

Sie ist wieder da und wirkt noch ruheloser als an den Tagen zuvor. Wir scheinen einen neuen Stammgast zu haben, wobei sich die Freude darüber in Grenzen hält. Bei mir zumindest, und ich vermute, dass es Terry nicht anders geht. Zwar hat die Schlange sich angewöhnt, die Lautstärke ihrer Telefonstimme zu reduzieren und das Gespräch nach Betreten des Cafés zügig zu beenden, dennoch wohnt ihr eine, die Aufmerksamkeit auf sich lenkende, Präsenz inne, die unangenehm ist.

„Miss? Wir würden gerne etwas bestellen."

„Sehr gerne. Ich bitte um Entschuldigung." Ich lasse das Tablett mit leeren Tellern und Tassen, die ich zuvor abgeräumt habe, auf dem Tisch stehen und wende mich der Vierergruppe zu, die am Nachbartisch Platz genommen hat. Zwei Pärchen, wie es den Anschein hat. „Was darf es denn sein?"

Ich notiere die Bestellung, um mich wieder dem Abräumen zuzuwenden, was nicht nur an meinem Ordnungssinn liegt, sondern auch daran, dass ich dabei durch die Glasfront des Cafés schauen und die Geschehnisse vor der Parfümerie schräg gegenüber beobachten kann. Dort scheint es heiß her zu gehen. Leider kann ich nicht hören, was gesprochen wird, aber zwei Damen haben offenbar Streit, und ein Herr versucht zu schlichten.

„Miss?" Ertönt es hinter mir, und ich wende mich von der Szenerie ab. Eine Dame wirft mir einen auffordernden Blick zu, und ich gebe die Chance auf eine Portion Reality-TV verloren. Den freigewordenen Platz in der ersten Reihe hat die Schlange eingenommen, wobei sie auch im Gaffen offensiver ist, als ich mich das jemals trauen würde.

„Ich komme gleich zu Ihnen", sage ich zu der Dame, die nach mir rief. Das Tablett auf dem Arm haltend gehe ich zum Tresen und räume das Schmutzgeschirr in die Spülmaschine. Als ich mich erhebe, steht eine andere Lady vor der Theke, und ich erkenne in ihr eine der beiden Frauen, deren Streites ich Zeuge wurde.

Sie wirkt aufgelöst, als würde sie jeden Moment in Tränen ausbrechen. „Darf ich Sie um etwas bitten?"

„Wie kann ich Ihnen behilflich sein?"

„Darf ich Ihr Telefon benutzen? Ich zahle auch dafür."

Dieses traurige Gesicht vor mir ist die Nadel, die den aufgeblasenen Sensationsgierballon zum Platzen bringt. Ich winke ab. „Wir haben eine Flatrate, und außerdem halte ich es für eine Verpflichtung, einem Menschen in Not zu helfen." Ich reiche ihr das tragbare Telefon.

Sie kaut auf der Unterlippe und deutet Richtung Kaffeemaschine. „Könnte ich von dahinten telefonieren? Damit es nicht jeder mitbekommt."

Ich zögere. „Okay. Aber ich muss an die Maschine, um Kaffee zuzubereiten. Wenn Sie das nicht stört?"

„Ein Paar fremder Ohren ist besser als viele."

Kurz überlege ich, ihr mein Büro anzubieten. Das geht zu weit, befinde ich dann. Schließlich möchte sie bei uns telefonieren, dazu gehört, sich mit den Umständen zu arrangieren.

Ich befülle den Siebträger mit Kaffeepulver aus der Mühle und höre, wie die Dame ihr Gespräch beginnt.

„Warren? Ich bin's, Rita. Ich rufe aus einem Café gegenüber der Arbeit an."

Ich schäume Milch auf, weshalb ich die nächsten Worte nicht verstehen kann.

Die Frau hat die Augen geschlossen. „Wenn ich es dir doch sage. Sie war es. Natürlich bin ich mir sicher."

Nachdem ich die Bestellung aufs Tablett gestellt habe, beschließe ich, nicht erneut meine Sensationsgier Oberhand gewinnen zu lassen. Ich hieve das Servierbrett hoch und gehe los. Hinter mir höre ich noch: „Becca ist ein verschlagenes Stück."

Terry kreuzt meinen Weg und deutet mit dem Kinn in Richtung Tresen. „Wer ist denn das?"

„Eine Mitarbeiterin aus der Parfümerie schräg gegenüber. Sie hat mich gefragt, ob sie telefonieren darf."

„Okay." Ich sehe Terry an, dass sie die freche Bemerkung, die ihr auf der Zunge liegt, herunterschluckt.

Ich setze meinen Weg fort und serviere. Die Frau ist mit dem Telefonieren fertig und kommt auf mich zu. „Vielen Dank!"

„Ist alles in Ordnung?"

„Ärger bei der Arbeit. Na ja." Sie zieht die Mundwinkel nach oben, obwohl ihre Augen von bald fließenden Tränen künden.

„Wollen Sie einen Kaffee oder Tee?"

„Lieb von Ihnen. Aber Sie haben mir schon mehr geholfen, als Sie mussten. Ich werde gleich abgeholt und werde draußen warten. Vielen Dank nochmal." Sie wendet sich ab und tritt zur Tür hinaus.

Ich frage mich, welchen Ärger es bei der Arbeit in der Parfümerie gab. Durch die Fensterfront sehe ich zu, wie die Frau sich wenige Schritte vom Café entfernt, um auf dem Bürgersteig auf die Abholung zu warten. Dann wandert mein Blick zur Parfümerie. Ob die Dame gefeuert wurde?

Am liebsten würde ich Terry davon erzählen und ihre Meinung erfragen, doch bei der angespannten Stimmung zwischen uns würde das wie ein unbeholfener Wiederannäherungsversuch wirken. Stattdessen gehe ich zum Tisch der Schlange.

„Ich möchte zahlen."

„Kein Kuchen heute?", frage ich.

„Keine Zeit, ich muss noch etwas erledigen."

Aus irgendeinem Grund lässt mich diese Aussage innerlich zusammenzucken.

Die Schlange zahlt, und als ich ihren Tisch abräume, entdecke ich einen Flyer für eine Verkaufsmesse exotischer Tiere, die heute stattfindet. Der knallrote Frosch, der auf schwarzem Grund abgebildet ist, gefällt mir, auch wenn ich solche Veranstaltungen verabscheue. Nicht selten werden unter dem Ladentisch bedrohte Tierarten verschachert, und selbst den nicht bedrohten ist meist kein glückliches Dasein beschieden. Ohne zu wissen, warum, stecke ich den Flyer in die Tasche meiner Schürze, sehe zur Uhr und zucke zusammen.

Ich gehe zu Terry, die an der Kaffeemaschine steht. „Ich muss weg."

„Weg?"

„Ich muss einen Kuchen ausliefern."

„Echt? Jetzt? Warum hast du nichts gesagt?"

„Ich dachte, das wäre dir klar? Immerhin hast du doch gesehen, dass ich gebacken habe?" Ich halte die Luft an. Wir haben uns ganz schön hochgeschaukelt. „Sorry. Ich hätte es dir sagen sollen."

„Ist okay." Terrys Gesichtsausdruck lässt mich daran zweifeln, dass es für sie tatsächlich in Ordnung ist. „Wo geht es denn hin?", fragt sie.

„Das glaubst du nie." Ich hoffe, die Wogen mit der Information des Kuchenempfängers glätten zu können. „Ich muss zum Kloster, denn Schwester Tomatia hat zehnjähriges Klosterjubiläum."

Erleichtert registriere ich die Aufhellung von Terrys Gesichtszügen. „Das ist ja was."

„Und du errätst nicht, was für einen Kuchen ich backen sollte. Oder vielmehr, in welcher Form."

„Eine Flöte?" Terry hebt eine Braue. „Oder ein Lümmel mit wohlgeformten Glocken, die das Kloster mal ordentlich durchläuten?"

Es tut gut, wieder mit Terry zu lachen. „Das wär's. Nein, stell dir vor, ein Sportwagen. Auf die steht Tomatia wohl, die in Wahrheit Schwester Nelly heißt."

„Dann düs mal los. Ich komme hier schon alleine zurecht."

Der kurze Augenblick der Auflockerung zieht vorüber und lässt uns mit der vorbestehenden Anspannung zurück. „Alles klar. Bis später." Ich verlasse den Gastraum Richtung Backstube und überlege, ob und wann ich ein klärendes Gespräch mit Terry führen sollte. Die Frage weckt Widerstand, der nicht darin begründet ist, mich nicht mit ihr aussprechen zu wollen, sondern weil ich für mich noch nicht ergründet habe, was meine Gefühle verursacht.

So gerne ich die Unstimmigkeiten mit Terry ausgeräumt hätte, wenn ich nicht nach der Ursache dafür suche, wird sich nichts ändern. Und dass sich etwas ändern muss, erscheint unabdingbar.

Kapitel 7

Das Kloster der heiligen Maria Magdalena liegt außerhalb Londons in Richtung Ashtead, dem Wohnort meiner Eltern. Ein Besuch bei ihnen ist längst überfällig, wie ich leider zugeben muss. Doch in meiner derzeitigen Stimmung könnte ich Moms Anwesenheit und die ständige Frage, ob es mir gut geht, sowie die klugen Ratschläge nicht ertragen. Dad ist zwar pflegeleichter, aber nur im Doppelpack zu bekommen.

Als ich mich dem Kloster nähere, denke ich, dass der Bau eine perfekte Filmkulisse abgäbe. Auf einer grünen Anhöhe gelegen, können Edith und ihr Schwesterngefolge das darunter ruhende Dörfchen Sainsbury überblicken. Schwester Edith stelle ich mir wie eine böse Frau Holle vor, die anstatt sanft fallender Schneeflocken Hagel und Blitze vom Himmel schießen lässt.

Zugang zum Kloster erhält man von der Rückseite. Hier offenbart sich, dass der langgezogene, hügelseitig ausgerichtete Bau rückwärtig über zwei Seitenschiffe verfügt, die der Anlage ein U-förmiges Aussehen verleihen. Der entstehende Innenhof ist eine grüne Oase mit Bäumen und Blumen.

Kaum habe ich das Auto verlassen, legt sich die beruhigende Atmosphäre dieses Ortes wie ein weiches Leinentuch über mich. Selbst die Luft, die in meine Lungen strömt, flutet mich mit Entspannung. Einen Moment bleibe ich neben dem Wagen stehen und nehme all das in mich auf, froh darüber, diesen Auftrag angenommen zu haben und hier zu sein. Womöglich genau das, was ich im Augenblick brauche? Ich kann verstehen, warum sich Menschen entschließen, eine gewisse Zeit an solch einem Ort zu verbringen, um zur Ruhe zu kommen.

„Da sind Sie ja!“

Ich wirbele herum und sehe eine korpulente Nonne auf mich zukommen. Ihr Gang erinnert mich an den einer Ente, wobei es den Anschein hat, sie müsse den gesamten Körper einsetzen, um voranzukommen.

„Ich hoffe, ich bin nicht zu spät?“

Sie trifft schnaubend bei mir ein. „Entschuldigung. Der Tag ist so aufregend, und ich bin nicht mehr die Jüngste.“ Sie nimmt einige tiefe Atemzüge. „Sie sind nicht zu spät. Genau richtig.“

„Da bin ich froh.“ Ich öffne die Heckklappe und nehme die Kuchenbox heraus.

„Ist er da drin?“ Schwester Agnes führt die geballten Fäuste ans Kinn und wirkt wie ein Kind, das den Weihnachtsmann erwartet. „Darf ich schon mal einen Blick darauf werfen?“

„Klar.“ Ich stelle die Schachtel zurück in den Kofferraum und hebe den Deckel.

„Ui!“, stößt Agnes hervor, und kurz befürchte ich, sie würde gleich vor Freude in die Luft springen. „Ganz großartig haben Sie das gemacht.“

„Vielen Dank! Es freut mich, dass er Ihnen gefällt.“ Mein Werk betrachtend muss ich zugeben, dass er tatsächlich gelungen ist. Die Form habe ich einem Porsche 911 nachempfunden, wobei ich mich für eine dunkle

Glasur mit einem orangenen Streifen entschieden habe, der sich über Motorhaube, Dach und Heck zieht, sowie je einem der gleichen Farbe über die Seiten. Obwohl ich kein Autofan bin, habe ich ein ansprechendes Modell zustande gebracht.

„Nelly wird ganz außer sich sein und dann noch das andere Geschenk." Erneut führt sie die Fäuste zum Kinn. „Es war aufregend und nicht einfach, aber ich denke, dass es sich lohnen wird. Damit rechnet sie nicht."

„Was ist das für ein Geschenk?"

„Das werden Sie gleich sehen und ebenfalls überrascht sein."

Ich verschließe die Box, die ich erneut dem Kofferraum entnehme, und bitte Schwester Agnes, die Heckklappe zu schließen. Anschließend folge ich ihr in das Gebäude. Die Atmosphäre, die außen vorherrscht, definiert ebenso den Innenraum. Obwohl der mit Steinboden, hoher Gewölbedecke und Fenstern mit Buntglas an eine Kirche erinnert, wohnt ihm etwas Anheimelndes inne. Der Widerhall unserer Schritte sorgt zudem für ein erhebendes Gefühl, als befände ich mich auf einer wichtigen Mission.

Schwester Agnes öffnet eine Tür, und wir betreten einen langgezogenen Raum mit einer Tafel in der Mitte, wobei mir der Gedanke König Artus und seine Ritter, die ein Bankett abhalten, in den Kopf schießt. „Soll ich den Kuchen dort abstellen?"

„Gerne."

Ich stelle die Schachtel an einem Punkt des Tisches ab, der mir als die Mitte erscheint. „Wenn es Ihnen recht ist, würde ich dann gleich wieder aufbrechen. Im

Café ist viel los, und meine Geschäftspartnerin muss sich alleine durchschlagen."

Schwester Agnes macht ein trauriges Gesicht. „Das ist aber schade. Können Sie nicht noch ein wenig bleiben? Es würde Nelly viel bedeuten, wenn Sie den Kuchen selbst präsentieren würden. Schließlich hat sie Sie schon einige Male getroffen. Ich zahle Ihnen auch gerne mehr."

„Das ist nicht nötig." Ich werfe einen Blick auf meine Armbanduhr. „Wie lange, denken Sie, soll ich bleiben?"

„Noch eine halbe Stunde?"

Deutlich meldet sich eine innere Stimme zu Wort, die mir sagt, dass ich nach London zurückkehren sollte, um Terry zu entlasten. Doch die Faszination für diesen Ort sowie die Neugierde, welches Geschenk Schwester Agnes für Nelly bereithält, wiegen schwerer. „Einverstanden. Aber länger kann ich keinesfalls bleiben."

„Das müssen Sie auch nicht." Die Nonne geht zur Tür und wendet sich mir zu. „Dann folgen Sie mir bitte."

Ich muss grinsen, erscheint mir das Ganze mittlerweile, als würde ich bei einer geheimen Nonnenmission mitmachen. Wir nehmen einen anderen Weg als den, über welchen wir hierher gelangten. Der Verlauf lässt mich vermuten, dass wir über das vordere, zum Hang ausgerichtete Gebäude in das andere Seitenschiff gelangen und von dort durch einen Seitenausgang neben dem Bau ins Freie.

„Wow!", entfährt es mir. Etwas anderes fällt mir nicht ein, denn damit habe ich nicht gerechnet: Wir stehen am Rande einer Fläche, die an einen unbestellten Acker erinnert. Wobei dies nicht ganz zutrifft, denn eines brachte das Areal aus brauner Erde hervor, einen knallroten Porsche 911, der wie eine verlorene Blüte mittig darauf steht.

„Wir werden hier eine Obstplantage anlegen, haben mit den Arbeiten aber noch nicht begonnen." Schwester Agnes blickt mit gefalteten Händen gen Himmel. „Es ist, als ob der Allmächtige entschieden hätte, dass diese Fläche Nelly und ihrer Feier zur Verfügung stehen sollte."

Über meinem Kopf schwebt ein großes Fragezeichen, das von Schwester Agnes nicht wahrgenommen wird, denn sie bittet mich, hier zu warten, und ist im nächsten Moment bereits auf dem Rückweg zum Gebäude. Verdutzt betrachte ich den Porsche. Ist der das eigentliche Geschenk? Dürfen Nonnen überhaupt über Besitz verfügen? Und wäre das nicht ein übertriebenes Geschenk angesichts eines Jubiläums?

Während ich noch darüber nachgrübele, höre ich hinter mir Kichern und aufgeregt schnatternde Stimmen, die sich nähern. Ich fahre herum und erblicke eine Gruppe von Nonnen, die auf mich zukommt. Ich schätze, dass es sich um dreißig Frauen handelt.

„Da wären wir", kommentiert Agnes, die dem Trupp vorsteht, als sie mich erreicht.

„Sind das alle Schwestern des Klosters?", frage ich.

„Oh nein. Wir sind 104 Ordensschwestern. Dies hier ist nur eine kleine Auswahl. Damit die übrigen Aufgaben nicht ins Stocken geraten, hat unsere Oberschwester Edith entschieden, dass nur ein Teil der Überraschung beiwohnen darf."

Ein Aufschrei lässt mich herumfahren. Er stammt von Schwester Nelly, die den knallroten Porsche ausgemacht hat und freudig auf und ab hüpft, um dann auf Agnes zu zustürmen und dieser um den Hals zu fallen. „Danke! Danke! Was für ein tolles Geschenk."

„Du weißt aber, dass du ihn nicht behältst, sondern nur für eine Fahrt hast?", fragt Agnes lachend.

„Mehr benötige ich nicht", entgegnet Nelly.

Mein Blick verharrt bei Schwester Edith, die in vorderster Reihe steht und gewohnt missmutig dreinblickt. Es verwundert mich, dass sie überhaupt einer derart verrückten Aktion zugestimmt hat. Aber Nelly scheint beliebt zu sein, denn alle anwesenden Schwestern scheinen sich mit ihr zu freuen. Blieb Edith keine andere Wahl? Ihr verkniffener Blick und die verspannten Lippen legen das nahe.

„Aber, wo habt ihr den überhaupt her bekommen?", fragt Nelly.

„Du erinnerst dich an das Managerseminar vor wenigen Wochen, das hier abgehalten wurde?", stellt Agnes die Gegenfrage.

Schwester Nelly nickt.

„Als mir einer der Teilnehmer erzählte, dass er über eine Porsche-Sammlung verfügt, wurde ich gleich hellhörig, und er war gerne bereit, uns den Wagen für den heutigen Tag zu überlassen."

Schwester Nelly klatscht in die Hände. „Wer möchte als Erste mit mir fahren?"

Die Finger aller anwesenden Nonnen schnellen in die Höhe, was mich überrascht. Ich mutmaße, dass das Klosterleben wenig bereithält, was den Adrenalinspiegel auf Touren bringt.

Nelly wendet sich an Schwester Edith. „Werte Oberschwester, ich halte es für richtig, dass Sie mir als Erste die Ehre erweisen."

Edith wirkt, als habe Nelly sie in die Magengrube geboxt, zumal sie die Einzige war, die sich nicht zum Mitfahren meldete. Sie sieht sich um und bemerkt die ihr zugewandten Gesichter, um dann zu murmeln: „In Ordnung."

Glücklich wirkt sie nicht, als sie hinter Nelly zum Wagen schleicht und umständlich auf den Beifahrersitz krabbelt. Fast tut sie mir leid. Die anderen Schwestern, inklusive Nelly, scheinen dies nicht zu bemerken oder nicht bemerken zu wollen. Nachdem sie ihr beim Einsteigen geholfen hat, tippelt Nelly zur Fahrerseite, um sich, erstaunlich behände, auf dem Sitz zu platzieren.

Kaum hat sie die Tür zugeschlagen, röhrt bereits der Motor auf, und die Hinterreifen wirbeln den Boden hoch, als sie durchdrehend zum Leben erwachen. Der Porsche vollführt einen Satz nach vorne, rast auf das Ende der Erdfläche zu, um kurz davor links abzudrehen. Aufgrund der Geschwindigkeit bricht das Heck schlingernd aus, wobei die Räder erneut Erde in die Luft schleudern.

So rast der Wagen mehrere Runden über die Ackerfläche und absolviert zuletzt einige Drehungen um die eigene Achse. Ich betrachte das Schauspiel mit offen stehendem Mund und fühle mich an eine der Tuning-Shows im Fernsehen erinnert. Nur, dass es sich dort meist um bis zur Hutkrempe tätowierte Kerle mit prallgefülltem Vorstrafenregister handelt, die den Boliden das Eingemachte aus dem Motorraum kitzeln, und nicht um eine kleine Nonne, die ansonsten nur ihrer

Blockflöte Misstöne und damit der Zuhörerschaft Schmerzensschreie entlockt.

Am Ende des wilden Ritts entschlüpft eine freudestrahlende Schwester Nelly dem Sportwagen, umrundet diesen und öffnet die Beifahrertür. Vor meinem geistigen Auge sehe ich ein Hühnerei, das jemand in eine Zentrifuge gepackt hat, und erwarte, dass Oberschwester Edith nur noch in Einzelteilen geborgen werden kann.

Diese Befürchtung bewahrheitet sich nicht, doch die Erfahrung hat die Klosterleitung gezeichnet. Selbst aus der Entfernung sticht die grüne Gesichtsfarbe ins Auge. Nelly gibt sich alle Mühe, sie auf dem Rückweg zu stützen, aber eine Bodenunebenheit wird Edith zum Verhängnis. Sie stolpert und fällt der Länge nach hin. Ein Raunen geht durch die Menge der Nonnen, und ich befürchte bereits, dass Edith sich nicht mehr erheben wird.

Instinktiv gehe ich auf sie und die neben ihr hockende Schwester Nelly zu. Dem Schnauben hinter mir entnehme ich, dass Schwester Agnes sich mir anschließt. „Ist alles in Ordnung?", rufe ich Nelly entgegen.

Bevor die etwas entgegnen kann, hebt Edith den Kopf, und ich starre in ihr matschverschmiertes Antlitz, das einer braunen Fläche gleicht, in die zwei weiße Punkte, ihre Augen, eingelassen sind. Dass ich erneut Zeuge werde, wie etwas Dunkles in Edith' Gesicht seinen Platz findet, muss ich doch an das Kuchenstück der explodierenden Torte denken, lässt mich nahezu auflachen. Ich presse die Lippen zusammen, um das zu verhindern.

Nelly ist es mittlerweile gelungen, Schwester Edith auf die Knie zu helfen. Als ich die beiden erreiche, sagt Edith: „Hui, das war doch was. Aber ich danke dem Herrn, dass er mich wieder dem festen Boden zugeführt hat."

Jetzt kann ich das Lachen nicht mehr zurückhalten und registriere überrascht, dass nicht nur Nelly und Agnes, sondern auch Edith einstimmen. Erneut denke ich, dass der Eindruck, den ich von den Klosterbewohnerinnen und insbesondere ihrer Leitung habe, falsch ist.

Zwei der Nonnenriege nehmen sich der derangierten Edith an und verlassen das Zusammentreffen, um sie vom Dreck zu befreien. Da mir langsam die Zeit davonläuft, was ich anmerke, werden weitere Touren auf später verschoben, und wir schreiten zum Bankettsaal.

„Ich kann immer noch nicht glauben, was ich soeben erlebt habe", gebe ich gegenüber den links und rechts von mir laufenden Schwestern Nelly und Agnes zu.

„Die meisten Menschen sind der Überzeugung, dass das Klosterleben langweilig und ohne Freude ist, bloß weil wir unser Dasein dem Herrn gewidmet haben", sagt Agnes.

„Dabei bedeutet das doch nicht, dass wir uns nicht hin und wieder einen Spaß gönnen", ergänzt Nelly.

„Und Schwester Edith trägt das alles mit?"

„Im Prinzip, ja. Sie trägt ja die Verantwortung und muss schauen, dass es sich mit unseren Verpflichtungen die Waage hält", entgegnet Agnes.

„Keine leichte Aufgabe." Nelly kratzt sich an der Nase.

„Das kann man wohl sagen." Agnes holt schnaubend Luft, wir sind nun fast am Saal angekommen. „Sie ist auch nicht immer mit dabei, was uns so einigen Freiraum ermöglicht. Nicht jeder passt zu jeder Unternehmung, muss er auch gar nicht. Das ist bei Freundschaften nicht anders. Mit dem einen Freund oder Freundin kann man gut über ein Thema reden und mit einer oder einem anderen über ein anderes. Das gleiche gilt für Unternehmungen.“

Das Ziehen in der Magengegend, als stülpe sich mein Magen in sich selbst, benötige ich nicht, um zu bemerken, dass Agnes mir soeben etwas Eklatantes über mein momentanes Problem offenbarte. Jahrelang habe ich Terry als einzige Ratgeberin herangezogen, dies in egal welcher Lebenslage von ihr verlangt, dabei kann kein Mensch diese Leistung erbringen. Anstatt mich darüber zu ärgern, dass sie mir einen vermeintlich schlechten Rat gab, oder nicht so, wie ich es mir vorstellte, auf meine Probleme einging, sollte ich zunächst einmal versuchen, mich selbst zu verstehen. Und manche meiner Probleme mit einem anderen Menschen besprechen, der in dieser Angelegenheit besser nachfühlen kann, was ich empfinde. Es liegt in der Natur der Sache, dass jemand in einer Partnerschaft nur bedingt die Gefühlswelt eines Singles teilen kann.

Im Bankettsaal angekommen, nehmen die Nonnen um den Tisch Platz, und ich frage mich, ob turnusmäßig gefeiert wird, damit jede Schwester in den Genuss kommt, an der Tafel sitzen zu dürfen, oder ob sich für jede Festivität Untergruppen bilden? Doch anstatt dies auszusprechen, vollführe ich die Kuchenpräsentation, nehme das Lob der Anwesenden, insbesondere der Jubilarin Nelly, dankend entgegen und verabschiede mich.

Auf einmal habe ich es eilig, ins Café und zurück zu
Terry zu kommen. Eine Entschuldigung ist mehr als
überfällig, und ich hoffe, dass meine beste Freundin
diese annimmt.

Kapitel 8

„Du hast echt was verpasst!" Schon beim Aussprechen weiß ich, dass diese Eröffnung aus mehreren Gründen unpassend ist. Zum einen, da ich Terry mit dem vollen Café zurückließ und mit meiner Aussage impliziere, sie habe eine Wahl gehabt, und andererseits dadurch den Anschein erwecke, die deutlichen atmosphärischen Störungen zwischen uns unter den Teppich zu kehren. „Ich wollte dir etwas sagen", beeile ich mich, hinzuzufügen.

„Okay."

Schwierig, aus Terrys Gesicht zu lesen. Die Augen spiegeln Enttäuschung, während die zusammengepressten Lippen Ärger vermuten lassen. Falscher Stolz richtet sich in mir auf, der mir einflüstert, ich müsse nicht zu Kreuze kriechen. Schnell entlarve ich ihn als Dummschwätzer, denn das muss und werde ich nicht tun. Eine Erklärung schulde ich Terry aber.

„Ich weiß, dass du es gut meinst. Deine Ratschläge, die Aufmunterungen." Ich stoße seufzend die Luft aus. „Auf die Gefahr, undankbar zu klingen – es hilft mir nicht. Ich bin der Single zwischen all den Paaren, die mir stets vor Augen führen, was ich nicht habe und gerne möchte. Keiner von euch beabsichtigt das, und dennoch wird meine Sehnsucht größer, wenn ich dich und Philipp sehe." Die Hände ringen nun miteinander.

„Zwischen uns hat sich etwas geändert, und ich betone, dass ich es verstehe und weiß, dass es vorwurfsvoll klingt, obwohl es nicht so gemeint ist." Ich betrachte mich von außen, die Hände, die die Schulter umfassen, als würde mir ein kalter Wind entgegenblasen. Und meine Worte, die, obwohl sie hinaus müssen, eine frostige Böe sind, die Terry und mich erfasst. „Wir müssen einsehen, dass die ursprüngliche Form unserer Freundschaft keinen Bestand mehr hat. Wir waren beide Singles, und die andere stand an erster Stelle. Das ist bei dir nicht mehr so, und das akzeptiere ich. Auch, dass du nicht mehr wie früher für mich da sein kannst. Daran muss ich mich gewöhnen und möchte das auch, denn ich glaube, dass ich das benötige, um mich weiterzuentwickeln. Es ist überfällig, dass ich gewisse Dinge meines Lebens selbst in die Hand nehme."

Terry schluckt. Ihre Lippen beben, als würde sie jeden Augenblick in Tränen ausbrechen. Gerne würde ich sie in den Arm nehmen, aber mein Bauch rät mir, das nicht zu tun.

„Wow!" Terry reibt sich die Stirn. „Das hört sich schlimm an." Mit dem Handrücken wischt sie über die Augen. „Aber ich verstehe, was du sagst und ..." Sie schluckt erneut, während sie zur Seite blickt. Dann schaut sie wieder mich an und sagt: „Ich teile deinen Eindruck."

Der letzte Satz rinnt mir kalt von der Brust in den Bauch, wo er als Klumpen liegen bleibt. Dies ist keiner der Momente, in denen man erleichtert feststellt, gleich zu empfinden, sondern in denen diese Erkenntnis Erschrecken auslöst.

Der Teil in mir, der will, dass alles wieder so wird, wie es war, brüllt mich an, das Gesagte zurückzunehmen. Doch ich habe durch meinen Vortrag keine Änderung herbeigeführt, sondern die bereits eingetretene benannt und dadurch aus der dunklen Ecke ins Licht gezerrt. Es musste ausgesprochen werden.

Wir sehen einander an, beide mit den Tränen kämpfend, und ich ringe zudem den Wunsch nieder, Terry zu fragen, wie es weitergehen soll. Ich bin die Kapitänin dieses Schiffes auf aufgepeitschten Gewässern und muss das Steuer in die Hand nehmen.

„Wir benötigen Zeit, um über alles nachzudenken."

Terry nickt. „Ich muss das erst mal sacken lassen."

„Ich ebenfalls. Du kannst ruhig gehen. Ich räume auf. Ich brauche das jetzt, und immerhin hast du den Nachmittag alleine hier rödeln müssen."

Ob es als alarmierend zu werten ist, dass Terry nicht widerspricht, sondern nickt und ihre Schürze an den Haken hängt? Diese Gedanken bringen nichts. Ebenso wenig, dieses Gespräch heute fortzusetzen.

Ich wünsche Terry einen schönen Abend, was sie erwidert, bevor sie das Café verlässt. Zurück bleibt das Gefühl, etwas zertrümmert zu haben. Habe ich das? War es nicht längst überfällig, dass wir einander eingestehen, dass sich in unserer Freundschaft etwas verändert hat und wir diese Veränderung nicht nur akzeptieren, sondern auch mit ihr umgehen müssen?

Ich räume auf, gründlicher als notwendig. Schinde Zeit, wo es geht und hoffe zudem, so müde heimzukehren, dass ich ins Bett sinke, um sogleich vom Schlaf übermannt zu werden.

Immer wieder laufen die Tränen, schwanke ich zwischen der niederschmetternden Erkenntnis, unsere Freundschaft ruiniert zu haben und der, endlich das Ruder in die Hand genommen zu haben, um das schlingernde Schiff auf Kurs zu bringen. Stimmt das? Oder bin ich diejenige, die überhaupt erst für schlechte Wetterverhältnisse sorgte?

Ich ziehe das Handy aus der Tasche und wähle Abbeys Kontakt.

„Alles gut bei dir?"

Ich seufze. „Um ehrlich zu sein, nein."

„Bist du im Café?"

„Bin ich."

„Soll ich vorbeikommen? Könnte in zwanzig bis dreißig Minuten da sein."

„Danke, das wäre super." Nachdem ich das Gespräch beendet habe, halte ich das Handy in der Hand. Ist es Abbey gegenüber fair, sie mit in die Sache hineinzuziehen? Sollte ich mir nicht zunächst Gedanken über mich selbst machen? Ist nicht genau das der Kern des Problems, dass ich stets andere Menschen benötige, die mir den Weg weisen?

Absagen kann ich Abbey nicht mehr, und so setze ich das Aufräumen fort und beginne im Anschluss, um meine Hände weiter zu beschäftigen, damit, die große Glasfront zu reinigen. Zugegeben, mittlerweile könnten wir es uns leisten, das von einem Fensterputzer erledigen zu lassen, heute jedoch bin ich dankbar für die Arbeit.

Außerdem gibt es mit Sicherheit langweiligere Arbeiten, denn man wird quasi gezwungen, die Beak Street zu betrachten. Auf diese Weise werde ich Zeugin des zweiten Akts der „Parfümeriedramen", wie ich die Darbietung taufe. Nach der vermeintlich gefeuerten Rita, die heute Morgen vom Café aus telefonierte, zeigen sich die andere Dame und ebenso der Herr, die vor einigen Stunden mit Rita diskutierten, vor der Parfümerie. Erneut fehlt mir die Tonspur, aber das heftige Gestikulieren der beiden lässt vermuten, dass es heiß her geht.

Der Gentleman, den ich mit der von einem Haarkranz umrandeten Glatze, Bauchansatz und Doppelkinn auf Ende fünfzig schätze, scheint kein glückliches Händchen für die Damenwelt zu haben. Wieder einmal zeigt sich, dass ein hochpreisiges Geschäft nicht unbedingt von Personen betrieben wird, die sich zu benehmen wissen. Selbst im Falle größten Ärgers dürfen sich solche Szenen nicht in aller Öffentlichkeit abspielen.

Kurzerhand gehe ich an die Tür, gebe vor, diese zu putzen und öffne sie einen Spalt. Leider kommt in diesem Augenblick ein LKW vorbeigefahren, den ich innerlich verfluche. Als der vorbei ist, höre ich die Dame mit der wasserstoffblonden Mähne und dem dunklen Augen Make-up, das selbst aus der Entfernung beunruhigend wirkt, rufen: „Ich habe das im Pausenraum nicht vergessen! Und für dich wäre es besser, wenn du das im Gedächtnis behältst." Damit macht sie auf dem Absatz kehrt und stürmt davon.

Ich linse zu dem Herrn herüber, der keine Notiz von mir nimmt, den Kopf schüttelt und zurück in den Laden geht. Nach links und rechts aus der Tür die Straße herunterblickend, erwarte ich, weitere Beobachter auszumachen, scheine aber die Einzige zu sein. Was entweder seltsam ist oder mich meine Sensationsgeilheit überdenken lassen sollte.

Zur Gewissensberuhigung wische ich die Tür von innen und außen und höre hinter mir: „Da ist aber jemand fleißig."

Ich fahre herum und erblicke eine lächelnde Abbey. „Hey! Schön, dass du da bist."

„Ich störe auch nicht?"

„Quatsch! Ich brauchte Beschäftigung."

„Sag gerne beim nächsten Mal Bescheid. Die Fenster in meiner Wohnung könnten es vertragen." Abbey stupst mir den Ellenbogen in die Seite, und wir gehen lachend ins Café. Abbey nimmt auf einem Hocker am Tresen Platz, und ich bereite ihr einen Cappuccino zu.

„Wo drückt denn der Schuh?"

„Womöglich bin ich einfach bescheuert."

„Um das zu entscheiden, benötige ich mehr Informationen." Abbey zwinkert mir zu, und wir müssen erneut grinsen.

Ihre lockere Art spült den Damm aus letzten Bedenken fort, der die Wahrheit zurückhielt. „Ich bin es satt, der einzige Single unter Pärchen zu sein."

„Kann ich verstehen."

„Ich habe es wirklich versucht, weißt du. Früher gab es nur Terry und mich, wir haben alles geteilt, die meiste Zeit miteinander verbracht, und irgendwie habe ich geglaubt, das würde immer so sein. Aber seit sie mit Philipp zusammen ist, bin ich abgeschrieben." Ich hebe die Hand, als würde ich Abbey daran hindern wollen, etwas zu entgegnen, doch die sieht mich aufmerksam an. „Kennst du diesen Augenblick, wenn all das Verständnis für andere, das du dir aufgezwungen hast, dir bis zum Hals steht und du glaubst, daran zu ersticken, wenn du nur ein wenig mehr Rücksicht aufbringen musst?"

„Oh ja!"

„Danke!" Ich umrunde den Tresen, um Abbey zu umarmen. „Mein schlechtes Gewissen sagt mir, dass ich ein Unmensch bin, so zu fühlen."

„Zunächst einmal kann man für Gefühle nichts und sollte sich dafür auch nicht verurteilen. Aber es ist sinnvoll zu ergründen, warum sie sich melden."

„Vielleicht bin ich doch ein schlechter Mensch?" Ich gehe zurück auf meinen Platz hinter der Theke.

„Sorry, aber Selbstmitleid bringt dich nicht weiter. Natürlich bist du kein schlechter Mensch, das weiß ich spätestens nach deinem Engagement für Norah. Außerdem sind Beziehungen und Freundschaften dynamische Gebilde. Nichts ist in Stein gemeißelt. Und die Änderung einzelner Parameter kann zu Umwälzungen führen."

„Hört sich technisch an."

„Das dachte ich auch gerade." Abbey trinkt von ihrem Cappuccino. „Was ich meine, ist, dass sich jemand, der eine Beziehung eingeht, verändert und dass dies auch für eine langjährige Freundschaft eine Belastungsprobe bedeutet."

„Ich habe wohl geglaubt, Terry und mir würde das nicht so gehen."

„Auch damit bist du nicht die Einzige. Meine ehemals beste Freundin habe ich genau so verloren."

„Echt?"

„Wir waren beste Freundinnen und haben uns geschworen, das zu bleiben. Aber das Schicksal verfolgt eigene Pläne. Trisha lernte ihren Traummann kennen, und der nahezu tägliche Kontakt wurde zu einem wöchentlichen, dann monatlichen, und irgendwann überlegt man sich, ob es überhaupt noch lohnt, sich zu melden."

„Hört sich übel an."

Abbey zuckt mit den Schultern. „Es heißt, dass die Chinesen dasselbe Wort für Krise und Gelegenheit verwenden. Wenn ein Platz in deinem Herzen frei wird, gibt es womöglich einen neuen Menschen, der den gerne einnimmt." Sie bemerkt meinen irritierten Blick und beeilt sich, hinzuzufügen: „Aber an dem Punkt seid ihr nicht. Oder?"

Ich seufze. „Wir hatten ein unangenehmes Gespräch, in dem ich Terry mitteilte, dass wir herausfinden müssen, an welchem Punkt wir stehen und wie wir fortfahren können."

„Das ist doch super." Abbey muss lachen, da ich sie anschaue, als habe sie den Verstand verloren. „Wenn Trisha und ich dieses Gespräch gehabt hätten, wären wir womöglich noch befreundet. Es gibt für nichts eine Garantie, aber solch eine Unterhaltung zu führen ist das Beste, was man unternehmen kann." Sie greift über den Tresen nach meiner Hand. „Außerdem ist es sehr mutig und etwas, das ein schlechter Mensch sicherlich nicht tun würde."

Ich versuche mich an einem Lächeln, was mir nicht recht gelingen will. „Trotzdem erscheint es, als hätte ich damit alles kaputt gemacht."

„Letztlich hast du nur benannt, was ohnehin da war. Es fühlt sich zwar so an, als habe man etwas herbeigeredet, aber letztlich gab es den Bruch bereits."

„Und was soll ich jetzt machen?"

„Das, was ihr besprochen habt. Zunächst muss sich jede von euch alleine darüber klar werden, was sich verändert hat, und wie ihr damit umgehen wollt."

„Ich habe Angst, dass ich Terry verliere."

Wieder ergreift Abbey meine Hand. „Kann ich verstehen, und leider besteht auch diese Möglichkeit, aber das glaube ich nicht. Ihr zwei seid euch so nah, wahrscheinlich bedarf es nur ein paar Anpassungen. Du solltest dir auf jeden Fall überlegen, was sich verändert hat, und warum es dich stört. Im zweiten Schritt dann natürlich, was sich ändern müsste oder könnte, damit es mit eurer Freundschaft weitergeht."

Alles Blinzeln hilft nicht, die Tränen laufen jetzt. „Und wenn Terry nicht mehr will? Ich habe mich in den letzten Tagen wirklich bescheuert verhalten. Sie ausgeschlossen. Ihr erst erzählt, als es kaum anders ging, dass ich jemanden kennengelernt habe."

Abbey hebt die Brauen. „Und wann wolltest du mir diese sensationelle Neuigkeit berichten?"

Ich ringe mir ein Lächeln ab und zucke mit den Schultern.

„Nur ein Witz. Es gibt diese Zeiten, da stürzt alles auf einen ein, und man glaubt, dass man davor davonlaufen kann, indem man sich in Aktionismus stürzt. Aber manchmal muss man erst abwarten, bis sich das Beben gelegt hat und dann aus den Trümmern etwas Neues bauen." Abbey lässt meine Hand los und verschränkt ihre auf dem Tresen.

„Du solltest Kalendersprüche schreiben."

Wir lachen beide, was guttut.

„Wer weiß, vielleicht mache ich das bald. Aber im Ernst, manche Entwicklungen lassen sich nicht aufhalten, und man muss abwarten, bis sich die Lage beruhigt hat."

„Das Schlimmste ist, dass ich inzwischen nahezu jede Nacht alleine in unserer Wohnung bin, weil alle zu ihren Liebsten oder der Arbeit ausgeflogen sind. Ich bin das nicht mehr gewohnt."

„Ich habe ja anfangs gesagt, dass ein freigewordener Platz meist von jemandem eingenommen wird?"

„Hmm."

„Ich bin mir sicher, dass du und Terry wieder zueinander findet, wenn auch auf andere Weise, und womöglich ist dadurch ein Platz für eine weitere Freundin frei geworden. Im Klartext: Du kannst dich gerne bei mir melden, wenn du dich einsam fühlst. Ich mag dich und Terry natürlich auch. Aber womöglich hat das Schicksal uns ja nicht nur zur Aufklärung von Norahs Tod zusammengeführt?"

Dieses Mal ist es Abbey, die hinter die Theke tritt, um mich zu umarmen. „Eines ist auf jeden Fall wichtig." Mit den Händen streichelt sie meine Schultern. „Dass du dich und deine Gefühle ernst nimmst. Sie wollen dir etwas sagen, und das ist wichtig. Auf keinen Fall darfst du sie des Friedens willen ignorieren und versuchen, weiterzumachen wie bisher."

„Okay." Ich bin überrascht, wie gut Abbey mich einschätzen kann.

„Mein Eindruck ist, dass du lieber eine unangenehme Situation in Kauf nimmst, als in einen Konflikt zu geraten." Abbey geht zurück zu ihrem Platz vor dem Tresen und trinkt den letzten Schluck Cappuccino.

„Da ist was dran", entgegne ich.

„Aber jetzt zu etwas Erfreulichem. Wen hast du kennengelernt?" Abbey stützt sich auf den Ellbogen ab und lehnt sich vor.

„Er heißt Conor", antworte ich und bemerke sogleich, dass der Themenwechsel wohltuend ist nach den schwierigen Themen. „Ich habe ihn im Café kennengelernt. Er ist Journalist." Ich erzähle Abbey die ganze Geschichte, auch von unserem zweiten Treffen und lasse nichts aus. Anfangs meldet sich Bedauern, dass es nicht Terry ist, der ich diesen detaillierten Bericht abliefere, dann ermahne ich mich dazu, es positiv zu sehen, dass Abbey in mein Leben getreten ist. Ich muss dankbar sein, dass vor mir eine neue Freundin steht, der wichtig ist, was in mir vorgeht.

„Was bremst dich?", fragt Abbey am Ende der Erzählung, nachdem sie sich wieder auf den Barhocker gesetzt hat.

„Was meinst du?"

„Offenbar gefällst du Conor, und umgekehrt ist es nicht anders, oder?"

„Schon."

„Dann greif doch zu."

„Hmm." Ich wiege den Kopf. Abbey hat einen wichtigen Punkt angesprochen, der seit dem ersten Zusammentreffen mit Conor durch mein Denken treibt.

„Musst du mir nicht beantworten, für dich selbst solltest du aber nach der Antwort suchen."

Ich nicke. „Ob es an Bruce liegt? Dass ich immer noch in ihn verknallt bin?"

„Sicherlich eine Option."

„Welche erkennst du noch?"

„Womöglich ist dir Conor zu vernünftig." Abbey muss lachen, als sie meinen konsternierten Blick sieht. „Zuneigung und Liebe gehorchen meist nicht unserem Verstand. Wir verlieben uns in jemanden außerhalb der Reichweite oder der uns nicht guttut."

„So wie Bruce?"

„Genau. Womöglich sagt dir dein Verstand nach den Schwierigkeiten mit Bruce, dass du den Fokus auf jemanden legen solltest, der empfehlenswerter für dich ist."

„Darüber muss ich nachdenken."

„Im Grunde nicht. Hab ein offenes Ohr für deine Gefühle, die werden dir schon den Weg weisen." Abbey erhebt sich vom Hocker. „Jetzt bin ich ausreichend Sinnsprüche losgeworden. Ich sollte das wirklich mal ins Auge fassen mit dem Kalender."

Nach oben kann ich meine Mundwinkel nicht zwingen, die schweren Themen zerren sie nach unten.

„Lass den Dingen ihren Lauf. Und du kannst mich gerne anrufen, und wir treffen uns, wenn dir danach ist."

„Danke."

Wir umarmen einander zum Abschied, und ich bleibe in der Tür stehen, um Abbey nachzusehen.

Den Dingen ihren Lauf lassen. Das hört sich einfacher an, als es ist.

Kapitel 9

„Guten Morgen", begrüße ich Terry, die auf mich zukommt, kurz bevor ich das Café erreicht habe.

„Ebenfalls." Sie folgt mir zur Tür, die ich aufschließe, und bleibt im Türrahmen stehen. „Kompliment. So ordentlich und sauber war es hier noch nie." Sie dreht sich um. „Dachte ich eben schon von außen, aber von innen sieht man es noch besser – du hast die Fenster geputzt, oder?"

„Mir war gestern danach, etwas zu tun."

„Ist dir gelungen."

Ich bin dankbar, dass Terry das Ergebnis meiner Aufräum- und Putzorgie erfreut und hoffe, dass wir damit den positiven Verlauf des Wiedersehens nach dem schlimmen Gespräch gestern fortsetzen können. „Ich habe wirklich vieles auf dich abgewälzt", sprudelt es aus mir hervor.

Terry scheint den plötzlichen Themenwechsel zunächst verarbeiten zu müssen. „Ich habe das gerne gemacht und auch nicht so gesehen." Sie räuspert sich. „Wenn du aber mehr Angelegenheiten selbst klären möchtest, ist das okay."

„Es geht mir nicht darum, dass ich mehr Alleingänge machen oder deine Hilfe nicht möchte. Ich war in den letzten Wochen sehr einsam, und da stellt man sich die

Frage, ob man sich womöglich zu abhängig von anderen macht."

Ich erwarte Widerworte Terrys, doch sie nickt langsam. „Ich muss zugeben, dass ich dich aus dem Blick verloren habe, oder zumindest mehr mit mir selbst beschäftigt war als mit unserer Freundschaft."

Ich ignoriere das Harmoniebedürfnis, das mich Terrys Aussage entkräften lassen will. „Das stimmt, obwohl ich nachvollziehen kann, dass dir die Zeit mit Philipp wichtiger ist." Ich hebe die Hand, als ich Terry Luft holen sehe, um sich zu rechtfertigen. „Lass uns nicht darüber diskutieren, ich glaube kaum, dass es etwas am Ergebnis ändert. Außerdem sollte es doch so sein, dass ein Partner einen höheren Stellenwert hat. Ich muss mir nur darüber klar werden, was das für mich bedeutet." Nicht unrecht ist mir, dass ein Klopfen unser Gespräch stört, für das es immer noch zu früh ist.

Mein Herz vollführt einen Satz, als ich erkenne, dass es sich um Conor handelt. Ich beeile mich, zur Tür zu gehen und erneut aufzuschließen.

„Hey. Guten Morgen. Ich habe wohl ein Gespür dafür, außerhalb eurer Geschäftszeiten aufzutauchen." Er stößt ein nervöses Lachen aus.

„Kein Problem. Komm rein." Ich halte ihm die Tür auf. „Das ist übrigens meine Freundin und Geschäftspartnerin Terry."

„Habe schon viel über dich erfahren." Conor streckt Terry die Hand entgegen.

„Hoffentlich all die dreckigen Details, die die Niederungen meiner Seele offenlegen", sagt Terry, während sie seine Hand ergreift und schüttelt.

Conor blickt zu mir, als er trocken entgegnet: „Keine Sorge. Sie hat sicherlich nichts ausgelassen."

„Dann bin ich beruhigt." Terry grinst. „Linn erzählte, dass du einen Artikel über sie schreibst?"

„Stimmt. Und da das Café einen nicht unwesentlichen Bestandteil ausmacht, findest auch du darin Erwähnung. Insofern freue ich mich, dich kennenzulernen und vielleicht das ein oder andere von dir zu erfahren?"

„Klar."

Es erfreut mich, Terrys Reaktion zu sehen. Eines muss ich Conor zudem lassen, er scheint ein Gespür dafür zu haben, das Richtige zu tun. Diese von ihm initiierte Aktion könnte Terry und mich wieder näher zueinanderführen, auch da Terry sicherlich vermutet, dass der Anstoß von meiner Seite stammt.

„Habt ihr denn jetzt Zeit dafür? Ich will nicht euren Betrieb stören."

„Ein bisschen Zeit bleibt noch", entgegne ich mit Blick zur Uhr. „Falls es dich nicht stört, dass wir dabei vorbereiten?"

„Überhaupt nicht."

Nicht nur, dass es Conor nicht nervt, er hilft uns sogar, die Stühle herunterzustellen und die Kuchentheken zu befüllen. Dabei geht er mit uns einzelne Punkte meiner Erzählung durch und ergänzt sie um Aspekte, die Terry vorbringt. Die Atmosphäre ist locker und angenehm, was insbesondere an Conor und seiner sympathischen Art liegt. Es ist offensichtlich, dass Terry dies ebenso empfindet.

Erneut reißt uns ein Klopfen aus dem Gespräch. Ich sehe zur Uhr in Erwartung, dass wir den Öffnungszeitpunkt verpasst haben, was sich nicht bewahrheitet. Zehn Minuten verbleiben noch, und ich frage mich, wer es denn so eilig haben könnte, als meine Augen die Tür in den Fokus nehmen und verharren.

Mir wird heiß, und ich fühle mich auf eigenartige Weise ertappt. Eines erscheint zumindest klar, hinsichtlich meiner Gefühle erlag ich einem Trugschluss. Mit wächsern weichen Beinen stolpere ich auf die Tür zu, schließe auf und öffne.

„Hi Linn. Lange nicht mehr gesehen. Ich dachte, ich schau mal vorbei und frage, wie es dir geht." Seine braunen Augen, das Lächeln, das seine Mundwinkel umspielt, natürlich der Dreitagebart und vor allem die Hitze, die mir dadurch ausbricht, offenbaren, was mein Unterbewusstsein bereits wusste: Ich bin noch nicht über ihn hinweg.

„Hey Bruce", stammle ich.

„Ich komme wohl ungelegen?"

Ich werfe einen Blick über die Schulter und sehe nur Conor, da Terry in der Backstube zu sein scheint. Die Botschaft, die das vermittelt, ist klar und auch so bei Bruce angekommen. In meinem Kopf nach geeigneten Worten wühlend, verbleibe ich sprachlos.

„Kein Problem. Ich komme ein anderes Mal wieder, wenn es besser passt. Mach's gut, war schön, dich zu sehen." Er wendet sich zum Gehen.

„Ja, ciao." Ich möchte mich ohrfeigen für diese Worte, andererseits fällt mir weiterhin nichts ein, was ich sagen könnte. Zumal auch für Conor eine seltsame Situation entstünde, wenn ich Bruce hereingebeten hätte?

„Lass mich raten. Das war Bruce", sagt Conor.

Erneut springt mich das Gefühl des Ertapptwerdens an, was absurd ist, denn weder mit Conor noch mit Bruce verbindet mich eine tiefer gehende Beziehung. Und selbst wenn, ist nichts mit einem oder beiden vorgefallen.

Der Small Talk mit Conor dringt nicht zu mir durch, in Gedanken bin ich bei Bruce, dem Blick, den er mir zuwarf, als er Conor sah. Ist es zutreffend, den für einen Ausdruck der Enttäuschung zu halten? Selbst wenn, sollte meine Aufmerksamkeit nicht ohnehin Conor gelten?

Ich betrachte ihn, während er spricht, die Augen aufreißt, sobald er zu einer Stelle seiner Schilderung gelangt, die er für bemerkenswert erachtet, den Kopf schief legt und immer wieder lächelt – regt sich etwas in mir, oder ist das Wunschdenken? War es nicht da, als wir uns die ersten Male trafen? Liegt es nun an Bruce, dass Conor mit seiner Art nicht zu mir durchdringt?

„Ich störe euch nur ungern, aber wir sollten öffnen." Terry zeigt zunächst zur Uhr, dann zur Tür, vor der bereits eine ältere Dame Stellung bezogen hat. Ich kenne und mag sie, denn ihre kindliche Freude für Kuchen ist herzerwärmend.

„Dann mache ich mich auf den Weg. Wenn du möchtest, bringe ich dir den Artikel vorbei, sobald er fertig ist, dann kannst du nochmal drüber schauen." Conor wendet sich an Terry: „Könnt ihr nochmal drüber schauen."

„Klar. Gerne." Die Worte schmecken schal. Ich begleite Conor zur Tür und bin froh, dass die Rentnerin sogleich zwischen uns durch in den Gastraum stürmt und damit die Frage der Abschiedszeremonie, ob Umarmung oder nicht, hinfällig werden lässt.

Ich sehe Conor nach, wie er die Beak Street herunterwandert und halte mich, seinen Beteuerungen vom letzten Treffen zum Trotz, für eine komplizierte Frau. Schließlich muss ich doch eine sein, um einen Kerl wie ihn nicht mit offenen Armen zu empfangen?

Kapitel 10

„Ist das Bruce?" Terry tritt neben mich und sieht ebenfalls durch die Glasfront des Cafés nach schräg gegenüber.

„Allerdings. Ich frage mich, was passiert ist." Ich runzele die Stirn. „Bruce' Erscheinen verheißt zumindest nichts Gutes."

„Da hast du recht. Ein einfacher Ladendiebstahl wird es wohl nicht sein."

„Außerdem habe ich einige Streitigkeiten beobachtet."

„Ich kann ihn schon riechen. Den Duft des Todes." Terry streckt die Arme vor sich aus und taumelt wie ein Zombie.

Dankbar dafür, dass sie wieder Scherze macht, bemühe ich mich um ein Lächeln, obwohl es mir dabei eiskalt den Rücken herunterläuft. Ich denke an die Verkäuferin, die bei uns telefonierte und offenbar Ärger dort hatte. Ob ihr etwas zugestoßen ist?

Wir wenden uns den Gästen zu, und ich bemerke erst, dass Bruce ins Café gekommen ist, als er bereits am Tresen steht. Er ist nicht allein, sondern hat seine attraktive Kollegin Lindsey im Schlepptau, die grinst, als wären wir beste Freundinnen.

„Grüß euch. Was darf's denn sein?", gebe ich mich neutral und freundlich.

Bruce sieht Lindsey an. „Ebenfalls Espresso für dich?“

„Gerne.“

Bruce wendet sich an mich. „Dann bitte zwei.“

„Kommen sofort.“ Ich begebe mich an die Maschine und frage beim Servieren. „Darf ich fragen, was gegenüber los ist?“

„Seltsame Geschichte.“ Bruce trinkt von seinem Espresso. „Eine Mitarbeiterin ist gestern verstorben.“

„Das ist ja schlimm. Etwa in der Parfümerie?“

„Nein. In der Klinik“, antwortet Lindsey.

„Hmm. Obwohl – dort war in den letzten Tagen auch einiges los.“ Ich wische über den Tresen, der sauber ist, aber meine Hände müssen beschäftigt werden. Bruce’ Anwesenheit, in Kombination mit Lindsey und die schockierende Neuigkeit, bringen mich aus dem Konzept.

„Tatsächlich?“ Bruce beugt sich vor. „Es würde uns weiterhelfen, wenn du uns davon erzählst.“ Er zieht seinen Notizblock aus der Hemdtasche.

„Vor zwei Tagen habe ich ein Streitgespräch vor der Parfümerie beobachtet. Ist nicht zu übersehen, wenn man die Tische vor der Fensterfront abräumt.“ Kurz überlege ich, ob die letzte Bemerkung dafür sorgt, mich nicht als Gafferin zu outen oder genau das Gegenteil bewirkt?

„Weißt du, worüber gesprochen wurde?“, fragt Bruce.

„Leider nein. Es war ziemlich voll, und dann ist der Geräuschpegel im Café hoch. Außerdem schirmen die Scheiben das Meiste ab.“

„Wer war an dem Gespräch beteiligt?“, fragt Lindsey.

„Ein Herr mit Glatze, Ende fünfzig schätze ich, und zwei Damen. Beide Anfang vierzig, die eine blond, die andere dunkelhaarig."

„War die Blonde schlank und groß?" Bruce tippt mit dem Kuli auf seinen Notizblock.

„Genau. Ist das etwa …?"

Bruce nickt. „Die Dame, die gestern in der Klinik verstorben ist."

„Und ihr vermutet, dass sie ermordet wurde? Wieso starb sie dann in der Klinik?"

Lindsey und Bruce sehen einander an. „Wir dürfen nichts zu laufenden Ermittlungen sagen", richtet Lindsey das Wort an Bruce.

Der sieht mich, dann erneut seine Partnerin an. „Linn ist eine von den Guten und hat frühere Ermittlungen unterstützt." Er wendet sich mir zu. „Ich kann mich auf dich verlassen?"

„Selbstverständlich."

„Wir haben noch keine handfesten Beweise, aber der Verlauf ist mehr als seltsam. Die Verstorbene, Rebecca Micks, rief den Notruf, weil es ihr plötzlich schlecht ging. Kurz nach dem Eintreffen in der Klinik verlor sie das Bewusstsein und musste auf die Intensivstation verlegt werden, wo sie wenige Stunden später verstarb." Bruce nimmt den letzten Schluck Espresso.

„Welche Erkrankung verläuft so dramatisch?", frage ich und ahne die Antwort.

„Die Ärzte vermuten, dass Rebecca Micks vergiftet wurde", entgegnet Lindsey.

„Vergiftet? Wie?" Mein Mund ist taub.

„Wie gesagt, es ist eine Vermutung. Die Autopsie wird das klären." Bruce nimmt seinen Stift in die Hand. „Du sagst, dass noch eine weitere Dame an diesem Streitgespräch beteiligt war? Dunkelhaarig?"

„Genau. Sie kam anschließend ins Café."

Bruce hebt die Braue. „Um einen Kaffee zu trinken?"

„Nein. Sie war ziemlich durch den Wind. Hat gefragt, ob sie telefonieren dürfte."

Bruce wirft Lindsey einen Blick zu. „Hast du etwas von dem Telefonat mitbekommen? Oder hat sie gesagt, worum es in dem Streit ging?"

„Nichts Konkretes. Sie sprach nur von Ärger bei der Arbeit und rief dann jemanden an." Ich überlege kurz. „Sie hat sich als Rita gemeldet und einen Warren angerufen, wenn ich mich recht erinnere. Dann sagte sie etwas wie, dass sie es war und dass Becca ein verschlagenes Stück sei." Ich nicke, wie, um mich selbst zu bestätigen. „Ja, das waren ihre Worte. ‚Becca ist ein verschlagenes Stück.‘"

Bruce notiert meine Aussage. „Danke Linn. Das hilft uns weiter." Er klappt den Notizblock zu und steckt ihn zurück in die Hemdtasche. „Meldest du dich bei mir, sollte dir noch etwas einfallen?"

„Klar doch."

Die beiden verabschieden sich, und nachdem sie das Café verlassen haben, kommt Terry zu mir und fragt: „Was ist los?"

Ich berichte Terry von meinem Gespräch mit Bruce und Lindsey.

„Streit bei der Arbeit als Mordmotiv?" Terry zieht die Stirn kraus.

„Es muss schon gravierend gewesen sein, immerhin hat diese Rita sich anschließend abholen lassen und danach habe ich sie nicht mehr dort gesehen. Irgendwie habe ich den Eindruck, dass sie gefeuert wurde."

„Und du meinst, dass die Tote dafür verantwortlich ist?"

„Zumindest hat sie sie am Telefon als Miststück bezeichnet und gesagt, dass sie es getan habe."

„Na gut. Du hast mich überzeugt." Terry grinst. „Ich bin wieder dabei."

Verdattert sehe ich sie an. „Bei was dabei?"

„Na, ich kenne doch diesen Blick. Du bist doch bereits dabei, die Ermittlungen aufzunehmen. Und ich bin dabei." Sie hebt die Brauen. „Nur wenn du das möchtest."

Ich nicke. „Aber klar doch."

Während wir weiterarbeiten, überlege ich, wie wir in die Untersuchungen einsteigen können. Wir müssen diese Rita ausfindig machen, denke ich. Wie könnten wir das anstellen?

Plötzlich habe ich eine Idee.

Kapitel 11

„Wenn Sie ihre Telefonnummer haben oder ihre Adresse, dann könnten wir ihr den Ohrring vorbeibringen.“

Der Körper des Mannes verspannt sich, als überlege er, der Bitte nachzugeben. Die Idee war nicht schlecht, ich zeigte ihm einen meiner Ohrringe und gab den als Ritas aus und dass sie den vor zwei Tagen bei uns im Café verloren habe.

„Einen Moment“, sagt er und holt ein Büchlein unter der Ladentheke hervor. „Ich notiere Ihnen die Adresse.“

„Vielen Dank.“

Terry nickt mir anerkennend zu, und ich bin stolz, nicht nur den Einfall gehabt, sondern den Plan durchgeführt zu haben und nicht meine Freundin darum zu bitten.

„So, da wären wir.“ Der Herr reicht mir einen Zettel, und ich bedanke mich erneut, um im Anschluss den Laden mit Terry zu verlassen.

„Luft.“ Terry nimmt einige tiefe Atemzüge. „Mir schleierhaft, wie man dort freiwillig arbeiten kann.“

„Für mich wäre das auch nichts. Da ist mir Kaffeegeruch deutlich lieber.“ Ich schaue auf den Zettel. „Am besten ist wohl, dass ich Rita zunächst anrufe.“

„Auf jeden Fall besser, als unangekündigt aufzutauchen“, befindet Terry.

Wir gehen zurück ins Café, wo ich Ritas Nummer wähle. „Hallo? Hier ist Linn vom Café gegenüber der Parfümerie. Von wo aus Sie vor zwei Tagen telefoniert haben?"

„Was kann ich für Sie tun?"

„Ich habe einen Ihrer Ohrringe gefunden."

„Seltsam, ich kann mich gar nicht erinnern, einen verloren zu haben."

Ich halte die Luft an und fürchte, dass mein Plan in sich zusammenfällt.

„Andererseits war ich an dem Tag so durch den Wind – möglich wäre es."

„Sie können ja einen Blick darauf werfen. Da er hinter dem Tresen lag und weder meiner Geschäftspartnerin noch mir gehört, lag der Verdacht nahe."

„Könnte ich gleich zu Ihnen ins Café kommen?"

„Klar, wir sind da."

Terry sieht mich fragend an, nachdem ich das Gespräch beendet habe. „Rita kommt jetzt hier vorbei", kläre ich sie auf.

„Wir hätten die Adresse gar nicht gebraucht?"

„Vielleicht können wir sie noch gebrauchen."

Da wir nach Beendigung unseres Cafébetriebs erst in die Parfümerie gingen, nutzen wir die verbliebene Zeit, bis Rita erscheint, zum Aufräumen und Saubermachen. Eine dreiviertel Stunde später klopft sie an die Tür, und ich lasse sie herein. Terry verschwindet in der Backstube. So haben wir es vereinbart, da ich vermute, dass die Anwesenheit einer weiteren Person, die Rita zudem völlig fremd ist, ein Hemmnis für ihre Redseligkeit bedeuten könnte.

„Ich störe doch nicht?" Sie sieht mich zweifelnd an.

„Alles gut." Ich lächle freundlich. „Möchten Sie einen Kaffee?"

„Ich will Ihnen keine Umstände machen."

„Macht es nicht. Und die Maschine müssen wir ohnehin noch sauber machen."

„Dann gerne."

Ich weise Rita einen Platz auf einem Hocker am Tresen zu und bereite den Kaffee zu. „Ließen sich die Wogen glätten?", versuche ich einen Gesprächseinstieg. Das Vorzeigen des Ohrrings möchte ich so lange wie möglich herauszögern, fürchte ich doch, dass danach das Zusammentreffen beendet ist, wenn Rita feststellt, dass es sich nicht um ihren handelt.

„Leider nein. Eine unschöne Sache."

„Ärger bei der Arbeit?" Mit der Frage wage ich mich aus der Deckung, da ich den Eindruck habe, dass Rita über die Sache sprechen möchte und nichts vom Tod ihrer Kollegin Rebecca weiß. Womöglich hat sie noch nicht mit Bruce und Lindsey gesprochen?

Rita rührt in ihrem Kaffee. „Meine Kollegin. Es hört sich seltsam an, aber sie ist kein wirklich guter Mensch." Sie seufzt. „Obwohl es den Anschein hat, ich bin kein Lästermaul und möchte auch nicht schlecht über Dritte reden, aber sie hat mir übel mitgespielt."

„Keine Sorge. Ich verurteile Sie nicht. Außerdem höre ich jeden Tag einige Geschichten."

„Wirklich?"

„Die Leute tauschen sich in einem Café über alles Mögliche aus."

Rita nickt. „Kann ich mir vorstellen." Sie nimmt einen Schluck Kaffee und scheint zu grübeln. „Ich habe etwas mitbekommen und habe unseren Chef darüber informiert."

„Ihr Chef ist der Herr mit Glatze?"

„Genau. Mr Barns ist freundlich und gutmütig. Zu gutmütig, wenn Sie mich fragen." Erneut rührt sie in ihrem Kaffee.

„Was haben Sie mitbekommen?"

Rita stößt Luft aus. „Sie kennen wahrscheinlich die Tester in der Parfümerie? Das sind die Flaschen, die bereitstehen, um den Duft im Laden zu probieren."

Ich nicke.

„Rebecca wusste, dass diese Tester nicht inventarisiert werden. Wir bekommen pro Parfumlieferung, je nach Umfang, Tester mitgeliefert, und die hat Rebecca mitgenommen."

Ich stoße einen Pfiff aus. „Also hat sie gestohlen?"

„So ist es."

„Wie sind Sie ihr auf die Schliche gekommen?"

„Meist packe ich die Lieferungen aus und in letzter Zeit habe ich mich gewundert, dass die Kartons schon geöffnet waren und auch weniger Tester als gewöhnlich geliefert wurden."

„Haben Sie sie zur Rede gestellt?"

„Zunächst nicht. Das ist schließlich eine heikle Angelegenheit, und so ein Verdacht sollte nicht leichtfertig ausgesprochen werden."

„Verstehe, aber in dem Streit vor zwei Tagen, bevor Sie hier telefonierten, ging es darum?"

„Ja. Zwar habe ich sie nicht auf frischer Tat ertappt, aber wir waren nur zwei Mitarbeiter."

„Und Ihr Chef? Kann der sie nicht mitgenommen haben?"

Rita schüttelt vehement den Kopf. „Der ist überkorrekt. Selbst wenn er mal etwas für sich selbst oder als Geschenk mitnahm, buchte er es über die Kasse mit dem dreißigprozentigen Personalrabatt, den er auch uns einräumt." Rita trinkt einen weiteren Schluck ihres Kaffees. „Einen Tag vor dem Streit nahm ich Rebecca zur Seite und konfrontierte sie damit. Wobei ich freundlich blieb und nur die Fakten benannte."

„Wie hat sie reagiert?"

„Sie stritt alles ab. Nannte mich eine Lügnerin und dass ich etwas gegen sie hätte, ihr die Sache in die Schuhe schieben wollte. Sie wurde richtig ausfallend." Rita schluckt.

„Und dann?"

„Am Tag des Streits fehlte Geld in der Kasse."

„Rebecca?"

„Mit Sicherheit, aber das ist nicht der eigentliche Skandal. Sie steckte das Geld in meine Handtasche."

Ich reiße die Augen auf. „Nicht Ihr Ernst."

„Leider doch. Sicherlich wollte sie mich damit diskreditieren und aus dem Weg räumen. Mr Barns blieb nichts anderes übrig, als mich zu entlassen, obwohl ich meine Unschuld beteuerte."

„Haben Sie ihm vom Diebstahl der Tester berichtet?"

„Natürlich habe ich das. Aber Rebeccas Plan ging auf. Wer würde einer Person trauen, die soeben des Diebstahls überführt wurde?"

„Ganz schön miese Nummer." Mit einem Lappen säubere ich die Milchaufschäumdüse der Kaffeemaschine.

„So ist Becca. Auf den ersten Blick wirkt sie freundlich und umgänglich, aber sie ist ein verschlagenes Miststück." Sie wirft mir einen entschuldigenden Blick zu. „Sorry, aber das musste einfach raus."

Ich winke ab. „Nach der Geschichte mehr als verständlich."

„Und jetzt stehe ich ohne Job da und das, obwohl ich diejenige war, die ein Unrecht aufdecken wollte. Das Schicksal kann ganz schön gemein sein."

Rita tut mir leid und erscheint zudem nicht wie jemand, der einen Rachemord verüben würde. Andererseits kann man Menschen nicht hinter die Stirn schauen, und ich kenne nur ihre Version der Geschichte. Kann ich da sicher sein?

Rita sieht auf die Uhr. „Ich muss wieder los. Wo haben Sie denn den Ohrring?"

Ich benötige einen Augenblick, um mich an die ursprüngliche Schilderung zu erinnern, die ich Rita präsentierte, um sie herzulocken. „Einen Moment." Ich drehe mich um, ziehe eine Schublade auf, der ich das Schmuckstück entnehme, um es ihr in die Hand zu legen.

Sie schüttelt den Kopf. „Nein. Das ist nicht meiner."

„Sorry. Dann sind Sie umsonst hergekommen, aber ich war mir sicher, dass er von Ihnen ist."

„Kein Problem. Hat mir gut getan, mir die Sachen von der Seele reden zu können."

„Sie sind immer noch wütend, oder?"

„Klar. Ich habe den Job gerne gemacht und mochte auch meinen Chef, Mr Barns."

„Vielleicht klären sich die Dinge noch auf?"

„Selbst wenn, so ein Verdacht bleibt im Kopf, man wird das nicht mehr los, und bei der nächsten Gelegenheit rückt man umso schneller in den Verdachtsfokus." Sie erhebt sich. „Da ist es besser, einen Schlussstrich zu ziehen und woanders neu anzufangen."

„Haben Sie schon etwas in Aussicht?"

„Zumindest habe ich mich schon in weiteren Geschäften beworben. Es sieht im Grunde gut aus."

„Ich wünsche Ihnen viel Erfolg."

„Dankeschön."

Wir verabschieden uns voneinander, und ich schließe hinter ihr das Café ab, um im Anschluss in die Backstube zu gehen.

„Und?", fragt Terry.

„Ich halte sie nicht für eine Mörderin."

„Nicht falsch verstehen, aber das sieht man niemandem an."

„Schon, aber ich glaube, sie hätte ansonsten nicht so freimütig von allem erzählt."

„Was hat sie denn nun erzählt?"

Ich gebe Terry einen kurzen Bericht. „Diese Rebecca scheint tatsächlich verschlagen gewesen zu sein."

„Ist womöglich ein Vorurteil, aber jemand, der so krumme Dinger dreht und noch eine andere Person zu Unrecht belastet, macht sich bestimmt auch bei anderen Menschen unbeliebt."

„Kann gut sein. Nur, wie finden wir das heraus?"

„Wenn wir an Beccas Adresse kämen, könnten wir uns mal bei den Nachbarn umhören."

„Der Chef der Parfümerie, dieser Mr Barns, hatte ein Buch unter der Ladentheke. Darin hatte er die Anschrift von Rita notiert, sicherlich auch die dieser Rebecca."

„Super Idee." Terry nickt anerkennend.

Die Aufregung nistet sich kribbelnd in meiner Magengegend ein, und spätestens jetzt ist mir klar, dass ich nicht mehr aufhören werde, bis Terry und ich den Fall gelöst haben.

Kapitel 12

„Eigentlich wollte ich gleich schließen." Mr Barns wirft einen demonstrativen Blick auf seine Armbanduhr, was ich ihm nicht verdenken kann. Wir hätten auch auf den nächsten Tag warten können. Doch da die Tür noch offen stand, als wir das Café verließen, entschlossen wir uns, den Plan noch heute in die Tat umzusetzen.

„Es dauert nicht lange, und Sie würden mir aus der Patsche helfen. Meine Mutter feiert heute Abend ihren Geburtstag, und ich müsste ansonsten mit leeren Händen auftauchen. Können Sie sich vorstellen, wie unangenehm mir das wäre?" Terry legt den Kopf schief und schiebt die Unterlippe vor.

Mr Barns nickt zögerlich. „Also gut. An was haben Sie denn gedacht?"

„Die Düfte da drüben sind vielversprechend." Terry deutet auf die Wand in der hinteren Ecke des Ladens.

Die Aufregung, die sich seit unserem Entschluss, in die Aufklärung des Falles einzusteigen, in der Magengegend kribbelnd bemerkbar macht, kocht augenblicklich hoch. Das ist mein Stichwort!

Ich sehe Terry und Mr Barns zu, wie sie sich ein Stück entfernen und schleiche zur Ladentheke. Tief durchatmen und nochmals vergewissern, dass die beiden, vor allem Mr Barns, mir weiterhin den Rücken zuwenden, dann trete ich hinter den Tresen. Das Herz pulsiert in meinen Ohren, als ich in die Hocke gehe.

„Da drüben haben wir sicherlich auch etwas Geeignetes", höre ich Mr Barns sagen, spähe über die Kante des Ladentischs und erstarre, da dieser dabei ist, sich mir zu zuwenden. Gleich hat er mich entdeckt.

„Schauen Sie mal hier!", ruft Terry aus, und es gelingt ihr dadurch, die Aufmerksamkeit des Parfümeriebesitzers wieder in die andere Richtung zu lenken.

Mit hochrotem Kopf sucht mein Blick das Fach ab, das sich unter der Arbeitsfläche befindet und entdeckt endlich das Buch. Ich ziehe es hervor und schlage es auf, aber es ist voller Notizen, und auf die Schnelle erscheint es unmöglich, die richtige Seite zu finden. So treffe ich kurzerhand eine Entscheidung: Das Büchlein, das glücklicherweise nicht groß ist, wandert in meine Handtasche, und ich trete blitzschnell hinter dem Tresen hervor und bleibe vor einer der Wände mit hohem Parfumregal stehen. „Schau mal, Terry. Ist das nicht das Parfum, das deine Mutter so gerne mag?"

Ich ignoriere den Schwindel, der mich in die Knie zwingen möchte, und die aufwallende Hitze. Stattdessen blicke ich in Richtung Mr Barns und Terry und setze einen unschuldigen Gesichtsausdruck auf. Terrys Augen verengen sich, als sie herüberschaut, bevor sie, den Herrn im Schlepptau, auf mich zukommt.

Wir führen ein pro forma-Gespräch über den Duft, den Terry schließlich kauft, wobei ich hoffe, dass dem Chef der Parfümerie nicht jetzt schon auffällt, dass sein Buch fehlt. Im Idealfall ist es erst morgen oder sogar noch später soweit, so dass der Verdacht nicht unbedingt auf uns fällt.

Kaum haben wir den Laden verlassen, möchte Terry zurück ins Café, doch ich packe sie am Arm, schüttele den Kopf und ziehe sie weiter. „Auf gar keinen Fall darf er sehen, dass wir die Caféinhaber sind."

Terry runzelt die Stirn. „Weiß er das nicht längst?"

„Stimmt wohl." Ich seufze. „Trotzdem will ich verschwunden sein, wenn er gleich feststellt, dass das Buch nicht mehr da ist."

„Du hast es eingesteckt?"

„Mir blieb nichts anderes übrig. Es ist voller Notizen, und in der Kürze der Zeit war es unmöglich, die Adresse herauszusuchen."

„Respekt!" Terry grinst.

Erst als wir unsere Wohnung erreicht und in der Küche Platz genommen haben, wage ich, das Buch aus der Handtasche zu holen. „Ich hoffe, ihm fällt nicht schon heute auf, dass es fehlt. Ansonsten haben wir schlechte Karten."

Terry macht eine wegwerfende Handbewegung. „Kann ich mir nicht vorstellen. Ist ja kein Tagebuch, das er täglich benutzt."

Ich schlage das Buch auf und sehe Terrys Einschätzung bestätigt. Es handelt sich vor allem um Notizen zu Kundenwünschen und Vorbestellungen. Auf den hinteren Seiten sind dann endlich die Adressen vermerkt. „Hier ist es." Ich deute auf den Vermerk.

„Sehr gut." Terry fotografiert die Anschrift Rebeccas ab.

„Was machen wir jetzt damit?" Ich halte das Buch hoch.

„Was wohl? Das bringen wir ihm morgen zurück."

„Ehrlich?"

„Na klar. Besser können wir doch den Verdacht nicht von uns lenken. Wir sagen, dass wir es gestern auf dem Weg von der Parfümerie auf der Straße haben liegen sehen." Sie nimmt das Büchlein in die Hand und sieht auf das Namensetikett, das mit dem Stempel des Geschäfts versehen ist. „Damit ist die Zuordnung auch eindeutig und die Frage, warum wir wussten, dass das Buch ihm gehört, ist geklärt."

„Okay." Ich schaue auf die Küchenuhr. „Zu spät, um heute noch die Nachbarn zu befragen."

Terry nickt. „Dann also morgen?"

„Sonntags sind die Leute ohnehin am ehesten zu Hause, das kommt uns entgegen. Aber was sagen wir?"

„Ich habe bereits eine Idee."

Es fällt mir nicht schwer, das zu glauben.

Kapitel 13

Es ist kein weiter Weg vom Café in die Macklin Street, in der die Wohnung des Opfers Rebecca Micks liegt, so dass Terry und ich zu Fuß gehen.

„Was ist eigentlich mit dir und Conor?"

Das trifft mich unvermittelt, so dass ich stolpere und zunächst meine Füße unter Kontrolle bekommen muss.

„Sorry. Ich wollte dich nicht aus dem Konzept bringen." Terrys Grinsen wirkt eher amüsiert als schuldbewusst.

„Um ehrlich zu sein, ich habe keine Ahnung." Ich hole Luft. „Kennst du das Gefühl, wenn dir die richtige Lösung fast schon zu Füßen gelegt wird und du dich dennoch scheust, sie anzunehmen?"

„Du meinst, dass Conor eine logische Lösung ist?"

Ich schlucke. Mit dieser Frage offenbart Terry mir, warum wir einander so nahestehen, allen vorherigen Unkenrufen auf die Zukunft unserer Freundschaft, die ich mir in den letzten Tagen einflüsterte, zum Trotz. „Das ist es." Ich werfe Terry einen Blick aus großen Augen zu. Es überrascht mich, dass sie das, was mir im Hinblick auf Conor Bedenken verursacht, so zügig und klar in Worte fassen kann.

„Linn, vielleicht kann ich momentan nicht alles nachfühlen, was du durchmachst, und du möchtest ja nicht mehr, dass ich dir Ratschläge erteile. Insofern behalte ich für mich, was ich denke. Wenn du meine Meinung aber hören willst, frag mich danach."

„Danke. Und ich möchte, dass du mir deine Einschätzung mitteilst."

„Bruce ist möglicherweise dein Fluch. Die Taube auf dem Dach, nach der du dich ewig ausstrecken kannst, ohne sie jemals erreichen zu können." Terry wirft mir einen Seitenblick zu, wohl um zu sehen, wie ich darauf reagiere.

„Sprich weiter."

„Conor hingegen ist der Spatz in deiner Hand. Das hört sich gemeiner an, als ich es meine, denn ich halte ihn für einen tollen Kerl, sofern ich das nach dem kurzen Kennenlernen beurteilen kann. Ich meine damit nicht, dass er schlechter ist als Bruce, nur, dass er für dich erreichbar ist. Die Frage, die du dir stellen musst ist, ob die Unerreichbarkeit Bruce' den Reiz für dich ausmacht, oder ob er etwas hat, was Conor nicht hat. Umgekehrt solltest du dich nicht für Conor entscheiden, nur weil er erreichbar ist und die logisch bessere Wahl. Das würde euch beiden nicht gerecht werden."

Wir laufen eine Zeitlang schweigend nebeneinander her, während ihre Worte in mir arbeiten. „Ich verstehe, was du meinst."

„Und dennoch ist es nicht einfach." Terry wirft mir einen Seitenblick zu. „Liebe ist keine Vernunftentscheidung. Solch eine Beziehung wäre zum Scheitern verurteilt. Das ist zumindest meine Meinung. Aber womöglich hast du Gefühle für Conor, bist dafür nur nicht offen, weil Bruce in deinem Kopf rumspukt?"

Ich zucke mit den Schultern.

„Dann lass es doch langsam angehen mit Conor und schau, wie du dich dabei fühlst."

„Und Bruce?"

„Vielleicht ist es an der Zeit, die Taube fliegen zu lassen?"

Ich nicke zögerlich, weiß, dass sie recht hat. Meine zögerliche Art hat eine Annäherung torpediert. Zeit, die Schlacht verloren zu geben.

„Regt sich Widerstand?" Terry zieht einen Mundwinkel nach oben.

„Irgendwie schon."

„Wie gesagt. Du musst das nicht jetzt entscheiden. Ich denke, es ist gut, dass du generell offen für diese Gedanken bist und sie auf dich wirken lässt. Irgendwann wirst du dann wissen, welche die richtige Entscheidung ist." Terry legt einen Arm um meine Schultern, und ich freue mich über diese herzliche Geste. „Sei doch happy, dass ein attraktiver Typ dir den Hof macht."

Ich muss lachen. „Den Hof macht?"

Terry prustet ebenfalls. „Ich fand, das passt."

Den übrigen Weg reden wir über Belangloses, was herrlich entspannend ist, während die City sich heute von ihrer sommerlichen Seite zeigt: Viele Menschen in verhältnismäßig leichter Kleidung auf den Straßen und in der Außenbestuhlung der Restaurants und Pubs sitzend.

Die Wohnung der verstorbenen Rebecca Micks befindet sich in einem modern aufgehübschten Backsteingebäude in Loftoptik mit großen Glasflächen. Bevor ich Terry fragen kann, wie ihr Plan aussieht, hat die den Rucksack vom Rücken genommen, um daraus eine

Pappschachtel hervorzuholen, die unserem Café entstammt und in die wir Kuchen oder sonstige Backwaren zur Mitnahme verpacken.

„Ich bin gespannt", kommentiere ich.

„Mal sehen." Terry inspiziert die Klingelschilder und drückt auf eines. Vier Parteien wohnen in dem Gebäude, eine davon die tote Rebecca.

Aus dem Lautsprecher der Gegensprechanlage ertönt ein: „Hallo?"

„Wir haben eine Lieferung für Frau Micks. Eine Überraschung oder Geschenk", sagt Terry.

Schweigen auf der anderen Seite, und ich vermute, dass wir keine Rückmeldung erhalten werden.

Knacken, dann: „Ähm ... also. Am besten kommen Sie rein. Erster Stock." Das Brummen des Türöffners ertönt, und wir drücken die Eingangstür auf.

Nachdem wir die Treppen erklommen haben, erwartet uns eine Dame mittleren Alters, die im Türrahmen ihrer geöffneten Wohnungstür steht und uns betreten anschaut. „ ... das ist jetzt seltsam, aber leider kann Frau Micks keine Lieferungen mehr entgegennehmen."

„Ist sie verzogen?", fragt Terry.

Die Frau schüttelt den Kopf, und ihre linke Hand umfasst den Ellenbogen des schlaff herunterhängenden rechten Arms. „Ich kann es immer noch nicht fassen, aber sie ist verstorben."

„Verstorben? Das ist ja furchtbar!" Terry schlägt eine Hand vor den Mund, und ich bemühe mich ebenfalls um einen entsetzt wirkenden Gesichtsausdruck.

„Kannten Sie Rebecca, Frau Micks?" Die Dame lehnt sich gegen den Türrahmen.

„Kennen ist wohl zu viel gesagt, aber sie war Kundin in unserem Café, das schräg gegenüber der Parfümerie liegt, in der sie arbeitet ... arbeitete." Ich bin überrascht, wie flüssig die Lüge mir über die Lippen geht und bin stolz, Terry unterstützen zu können.

Die Dame sieht von mir zu Terry, überlegt kurz. „Möchten Sie reinkommen?"

„Das wäre sehr freundlich." Ich lächele.

„Wir möchten nicht aufdringlich wirken, aber die Nachricht schockt uns natürlich sehr", sagt Terry, während wir ihr durch einen schmalen Flur ins Wohnzimmer folgen, wo sie uns Plätze auf einem bequemen blauen Sofa zuweist.

Sie selbst setzt sich auf einen gleichfarbigen Sessel uns gegenüber. „Eine seltsame und schlimme Geschichte."

„Wir sind übrigens Terry und Linn. Was ist denn passiert?", frage ich.

„Sandy Elton." Die Art wie Sandy mit aufgerissenen Augen von Terry zu mir schaut, lässt mich vermuten, dass sie erfreut ist, diese Sensation mit jemandem teilen zu können. Was uns nur recht sein kann. „Wenn ich ehrlich bin, habe ich darauf gewartet, dass es Ärger gibt." Sie schüttelt auf eine theatralische Art und Weise den Kopf, als würde es ihr kein Vergnügen bereiten, uns die Details des Lebens ihrer Nachbarin brühwarm zu erzählen.

„Wieso?" Terry scheint meine Einschätzung zu teilen und ebenso der Meinung zu sein, dass es nicht schadet, noch ein wenig Öl ins Feuer zu gießen.

„Da war ständig was los, das habe ich auch dem Detective Chief Inspector erzählt. Der war zum Anbeißen." Sie reißt die Augen auf. „Bevor ich ihn in Beccas Wohnung ließ."

„Sie haben einen Schlüssel?", frage ich und hoffe, dass es nicht zu aufgeregt klingt.

„Für alle Fälle. Ja. Ich habe natürlich nicht damit gerechnet, den mal so verwenden zu müssen." Sie streicht sich eine Strähne aus der Stirn. „Möchten Sie vielleicht einen Tee oder Kaffee?"

„Ein Tee wäre prima." Terry nimmt den Deckel der Schachtel ab, die sie vor sich auf den Tisch gestellt hat. „Und dazu können wir Ihnen etwas anbieten. Wäre doch schade drum."

„Oh! Brownies?" Sandy klatscht verzückt in die Hände. „Die liebe ich." Sie steht auf und verschwindet im Nebenzimmer, bei dem es sich um die Küche zu handeln scheint. Dem Klappern ist zu entnehmen, das sie Tassen aus dem Schrank nimmt und Teewasser aufsetzt.

„Wir brauchen diesen Schlüssel", flüstere ich Terry zu.

„Lass mich nur machen." Terry deutet auf die Brownies. „Wir müssen nur darauf achten, dass sie diesen hier isst."

Die genannte Backspezialität springt gegenüber den anderen aufgrund extragroßer Schokostücke, die ihn besonders schmackhaft aussehen lassen, ins Auge. Natürlich ist mir klar, dass dieser Brownie nicht nur Schokolade enthält. Das kannst du nicht zulassen!, ruft eine Stimme in meinem Kopf und verfällt sogleich in eine

Diskussion mit einer zweiten, die mahnt, dass wir eine Aufgabe zu erfüllen haben.

Sandy kehrt mit einer Teekanne und drei Tassen zurück, die sie auf dem Tisch verteilt. „Die Teller habe ich vergessen." Kaum ausgesprochen, ist sie schon wieder verschwunden, um mit den Tellern zurückzukehren.

„Sie haben doch keine Allergien?", fragt Terry.

„Warum fragen Sie das?" Sandy runzelt die Stirn, als sie sich wieder auf ihren Platz setzt.

„In den Brownies sind Nüsse."

„Ach so. Nein."

„Auch nicht Unverträglichkeiten auf Medikamente?"

Erneut zieht Sandy die Stirn kraus.

„Ich benutze Hanfmehl. Das ist harmlos. Aber bei sehr empfindlichen Menschen kann es zu einer gelösten Stimmung führen."

„Gelöste Stimmung?"

Terry grinst. „Entspannung, sozusagen."

„Entspannung ist gut." Sandy erwidert das Grinsen. „Ich bin meist so angespannt, dass ich zur Nacht eine Schlaftablette benötige."

„Und die vertragen Sie gut?"

Sandy nickt eifrig. „Ohne Probleme."

„Na dann." Terry beeilt sich, mit serviettenverhüllten Fingern nach besagtem Brownie zu greifen, um ihn auf dem Teller vor Sandy zu platzieren. „Das ist der Beste aus dieser Auswahl."

Sandys Augen leuchten, und ich schäme mich angesichts des Betrugs, dessen Opfer sie wird. Doch im gleichen Augenblick frage ich mich, ob das tatsächlich so ist? Immerhin hat Terry fast eine Art Aufklärungsgespräch mit ihr geführt. „Der sieht ganz hervorragend aus. Wenn er nur annähernd so gut schmeckt, komme ich unter Garantie mal bei Ihnen vorbei."

„Gerne." Ich versuche mich an einem Lächeln, das mir im Halse stecken zu bleiben droht, agieren wir doch wie die böse Hexe aus Hänsel und Gretel.

„Sie sagten, es war ein Geschenk?", fragt Sandy, die bereits einen Bissen genommen hat.

„Genau", antwortet Terry.

„Bestimmt von einem ihrer vielen Verehrer."

„So ist es." Terry nickt eifrig.

„Von welchem?" Sandy hebt die Hand. „Halt. Lassen Sie mich raten. Von diesem Will?"

Ich mahne mich, mir den Namen zu merken.

„Nein."

Ich möchte Terry unter dem Tisch treten, dann wird mir klar, was sie damit bezweckt. Wir haben gute Chancen, mehrere, womöglich alle Kontaktpersonen des Opfers zu erfahren.

„Dann sicherlich dieser Troy." Sandy hat, obwohl sie den größten Gesprächsanteil bestritt, ihren Brownie vertilgt und neigt sich uns über den Tisch zu, um im verschwörerischen Tonfall hinzuzufügen: „Ein verheirateter Mann."

„Ich meine, der war es oder, Terry? Dieser große Dunkelhaarige?"

„Ganz genau", ereifert sich Sandy und beantwortet damit meine Frage. „Er war zwar nicht der einzige Verehrer Beccas, nicht einmal der einzige Verheiratete, aber er brachte ihr die meisten Geschenke. Neulich erst lag ein wunderschöner Strauß Blumen vor der Tür." Sie schüttelt den Kopf. „In der kurzen Zeit, in der sie hier lebte, war immer was los." Sie betrachtet ihre rot lackierten Fingernägel. „Anfangs beneidete ich sie darum, mein Leben ist dagegen langweilig. Aber sie wirkte stets ruhelos, als wäre sie auf der Flucht." Bevor ich nachfragen kann, was Sandy damit meint, gähnt sie geräuschvoll. „Sorry, aber ich fühle mich auf einmal sehr schläfrig."

„Wir wollen Sie auch gar nicht mehr lange stören. Ich müsste nur nochmal auf die Toilette." Terry erhebt sich, und ich frage mich, wie ihr Plan lautet. Zwar vermute ich, dass Sandys zunehmende Müdigkeit, das Gähnen nimmt von Sekunde zu Sekunde zu, etwas mit Terrys Backkreation zu tun hat, aber sobald wir die Wohnung verlassen haben, nützt uns eine schlafende Sandy wenig.

Erst nachdem Terry im Bad verschwunden ist und sich merklich Zeit lässt, ahne ich, was sie vorhat. Sandy linst mich derweil, über die Tischplatte gebeugt unter halb herunterhängenden Lidern an. Es fehlt nur noch, dass sie sich Streichhölzer beschafft, um die damit zu stützen. „Ich hoffe ... Ihre ..." Sie kippt nach vorne, rappelt sich wieder hoch und schüttelt den Kopf. „Es tut mir leid ... aber ich bin ..." Weiter kommt sie nicht. Schon sinkt ihr Oberkörper auf den Tisch nieder, und sie schläft leise schnarchend ein.

Ich springe auf und eile zum Badezimmer, an dessen Tür ich vorsichtig klopfe.

„Schläft sie?", flüstert Terry, nachdem sie die Tür geöffnet hat.

„Ja. Sie wird doch wieder?"

„Aber klar doch. Ich habe dir gesagt, dass wir das Diazepam aus Norahs Wohnung nochmal brauchen werden. Keine Sorge, in ein paar Stunden wacht sie auf, und alles ist gut. Außerdem kann sie sich höchstwahrscheinlich nicht mehr an das Gespräch erinnern.“

Letztgenanntes ist zwar nicht notwendig, und eine Unschuldige ausgeknockt zu haben, behagt mir nicht, aber ich sage mir, dass wir anders nicht weiter gekommen wären. Dennoch nagt das schlechte Gewissen an mir und lässt sich kaum damit beschwichtigen, dass mir keine Möglichkeit einfällt, wie wir ansonsten mit unseren Nachforschungen vorangekommen wären. „Hoffentlich passiert ihr nichts“, sage ich mit Blick auf Sandy.

„Linny. Es ist eine ungefährliche Dosierung und da sie regelmäßig Schlafmittel nimmt, wissen wir, dass sie auch das hier unbeschadet überstehen wird. Glaub mir.“

Mir bleibt nichts anderes übrig, doch ich besinne mich darauf, dass Terry in diesen Angelegenheiten bislang stets recht behielt.

Nach knapper Suche finden wir im Garderobenschrank des Flurs einen einzelnen Schlüssel sowie einen Schlüsselbund.

Der Wohnungsschlüssel Sandys aus dem Bund lässt sich durch Probieren identifizieren. Der Separate passt, wie erhofft, in das Schloss von Rebeccas Wohnung, die wir betreten. Das Déjà-vu springt mich augenblicklich an, fühle ich mich doch wenige Wochen zurück in Norahs Apartment versetzt. Wesentlicher Unterschied, der mir die Inspektion vereinfacht, ist die Tatsache, dass Rebecca eine vollkommen Fremde ist und somit emotionale Reaktionen nicht zu erwarten sind.

„Wonach suchen wir eigentlich?“, stellt Terry die Gretchenfrage.

„Schwer zu sagen. Bruce und Lindsey äußerten den Verdacht, dass Rebecca vergiftet wurde.“

„Vielleicht im Essen?“ Terry geht voran, bis sie die Küche erreicht.

„Kann sein, wobei ich dann eher vermuten würde, dass es etwas ist, was ihr als Geschenk überreicht wurde. Pralinen oder so etwas.“

Terry sieht auf ihre Uhr. „Drei bis vier Stunden schläft Sandy sicherlich, aber einhundertprozentig sicher lässt sich das nicht sagen. Deshalb sollten wir uns beeilen und uns auf Süßkram, der als Geschenk verpackt ist, fokussieren.“

„Einverstanden.“

Wir durchforsten die Schränke, finden aber nichts, was die von Terry aufgestellten Kriterien erfüllt.

„Sicherlich haben Bruce und seine Beamten bereits alles mitgenommen, was verdächtig war. Und da wir die Vermutung einer Vergiftung von ihnen haben, werden sie den gleichen Gedanken gehabt haben.“

„Hmm.“ Terry öffnet die Tür des letzten Küchenschranks, den wir noch nicht inspiziert haben und schaut hinein. Ihr enttäuschter Gesichtsausdruck verrät, dass sich hier ebenfalls nichts Interessantes entdecken ließ. „Wir dürfen nicht aufgeben. Denk an Norah, da haben wir auch noch wesentliche Beweismittel entdeckt.“

„Stimmt.“

„Wirf mal dein Spürnäschen an, ich bin mir sicher, es findet eine Spur."

Zunächst sieht es nicht danach aus, denn ich stolpere planlos in das Schlafzimmer, ohne dort auf etwas zu stoßen, das wie ein Hinweis erscheint. Im Wohnzimmer, wo wir uns anschließend umsehen, zieht ein Strauß roter Rosen, der auf einem Glastisch steht, meine Aufmerksamkeit auf sich. „Sie scheint ihren Verehrern wichtig gewesen zu sein."

Terry tritt neben mich und berührt eine der geöffneten Blüten mit den Fingerspitzen. „Ich finde Rosen ja kitschig."

„Die sehen aber wirklich toll aus. Ob das der Strauß ist, von dem Sandy sprach?"

„Gut möglich. Lange stehen die noch nicht da."

„Wie hieß er gleich noch mal?" Ich überlege kurz und schnippe dann mit den Fingern. „Troy, genau. Wir sollten mehr über den Kerl in Erfahrung bringen."

„Glaubst du, dass ein Kerl, der ihr wenige Tage vorher so einen Blumenstrauß schenkt, sie kurz darauf killt?"

„Ob er das mit den Rosen war, wissen wir nicht. Aber ausgeschlossen ist das nicht. Schließlich kann Leidenschaft schnell ins Gegenteil umschlagen."

„Hmm." Terry verzieht den Mund.

„Wir müssen nochmal zurück in die Küche", murmele ich, denn mir ist soeben ein Einfall gekommen.

Dort angekommen, steuere ich auf den Kühlschrank zu.

„Da hatten wir bereits reingeschaut", belehrt mich Terry.

„Ja, ich weiß, aber mir geht es nicht um den Inhalt." Ich betrachte die Gerätetür, die aus rotem Metall ist, und an der Rebecca mit Magneten wenige Papiere befestigt hat. Im Wesentlichen handelt es sich um Fotos und die Speisekarte einer Pizzeria, die ich in die Hand nehme und aufschlage. „Hier sind Gerichte markiert."

„War womöglich ihr Stamm-Italiener."

„Womöglich kam hier das vergiftete Essen her?" Ich trete auf das Pedal des Mülleimers, doch der ist leer. „Hat Bruce womöglich mitgenommen."

„Warum sollte ein Restaurant sie vergiften?"

„Keine Ahnung, aber auch das sollten wir checken. Vielleicht hat sie sich dort unbeliebt gemacht?"

„Dass dann ins Essen gespuckt wird oder ähnliche Widerwärtigkeiten, kann ich verstehen, aber ein Mord? Da müsste sie sich schon sehr unbeliebt gemacht haben."

„Das stimmt, aber etwas sagt mir, dass wir auch das überprüfen sollten. Hier ist was notiert." Ich benötige einen Augenblick, um Rebeccas krakelige Schrift zu entziffern. „Salvatore", lese ich.

Die Fotos betrachtend, bleibe ich bei einem hängen, da ich die Abgebildeten in dieser Runde bereits gesehen habe. Neben Rebecca, die rechtsaußen steht, hat sich Mr Barns, der Inhaber der Parfümerie postiert, links von ihm Rita, die bei uns im Laden telefonierte.

„Sieht nach Firmenfeier aus", kommentiert Terry.

„Da fällt mir etwas ein. Wie konnte ich das vergessen?"

Terry sieht mich fragend an.

„Vor zwei oder drei Tagen habe ich einen Streit zwischen Rebecca und Mr Barns, dem Inhaber der Parfümerie, beobachtet."

„Worum ging's?"

„Das habe ich nicht mitbekommen, wohl aber das Ende. Sie hat vom Pausenraum gesprochen." Ich grübele nach. „Dass sie nicht vergessen hätte, was dort geschah. Es hat drohend geklungen."

Terry betrachtet das Foto. „Womöglich hatte er ein Auge auf sie geworfen?"

„Meinst du?"

„Schau mal genauer hin." Terry deutet auf eine Stelle.

Ich halte das Bild näher ans Gesicht. „Du hast recht." Zu erkennen ist, dass Barns den Arm um Rebeccas Hüfte gelegt hat, sie sogar ein wenig zu sich heranzieht, während Rita in einem größeren Abstand zu ihm steht und er zu ihr auch keinen Körperkontakt aufgenommen hat.

„Wäre nicht das erste Mal, dass ein Chef auf eine Angestellte ein Auge geworfen hat." Terry wirkt nachdenklich.

„Verschmähte Liebe wäre ebenfalls ein Motiv."

„Zumal wir nicht wissen, ob hinter dem Streit etwas anderes steckte."

„Die entwendeten Parfumtester. Rita sagte, sie habe Mr Barns davon berichtet. Da Rebecca ihr den Diebstahl in die Schuhe schob, wurde zwar ihre Glaubwürdigkeit erschüttert, aber möglich, dass er hellhörig wurde."

„Und sie dann zur Rede stellte, was du beobachtet hast."

Ich sehe auf die Uhr. „Wir sollten uns beeilen. Nicht, dass Sandy wach wird, während wir noch hier zu Gange sind."

Obwohl das quälende Gefühl, etwas zu übersehen, sich in mir festkrallt, ist die Sorge um Sandys Erwachen größer und führt dazu, dass wir ohne weitere Erkenntnisse die Wohnung verlassen. Fast prallen wir gegen einen großgewachsenen Herrn, der in diesem Augenblick ankommt.

„Sorry", murmele ich, während mir sogleich der Schweiß ausbricht.

„Ist Miss Micks da?", fragt der Dunkelhaarige.

„Nix da Chefin", antwortet Terry. „Olga und ich nur putzen."

Der Mann runzelt die Stirn. „Ich wusste gar nicht, dass Rebecca Putzfrauen hat. Wissen Sie, wann sie zurückkommt?"

„Wir nix wissen, aber können geben Botschaft", antworte ich. Dass Terrys Plan zu funktionieren scheint, lässt mich mutig werden.

„Ach so. Ja." Der Mann tritt unschlüssig von einem Bein aufs andere.

„Oder du schreiben, Olga und ich legen Zettel auf Tisch", bietet Terry an.

Das gefällt dem Herrn offenkundig besser. Er entnimmt seiner Geldbörse einen Kassenzettel, auf dessen Rückseite er eine Botschaft notiert, die er mir reicht. „Aber wirklich weitergeben."

„Aber klaro", sage ich.

Völlig überzeugt scheint er nicht zu sein. Sieht von einer zur anderen, um sich dann grußlos umzudrehen und die Treppe hinabzusteigen.

Ich sehe zu Terry und muss die Lippen zusammenpressen, um nicht zu lachen. Der Zettel wandert in meine Hosentasche, und nachdem ich Rebeccas Wohnungstür abgeschlossen habe, schließe ich Sandys auf.

Nach angestrengtem Lauschen betreten wir leise die Wohnung, vergewissern uns durch kurzen Blick ins Wohnzimmer, dass es Sandy gut geht und diese noch schläft, und verstauen die Schlüssel an ihren Plätzen, bevor wir in den Hausflur zurückkehren.

Kapitel 14

„Alles klar, dann wärm dich zunächst mal auf. Fahrrad oder Stepper?"

Dass mir keines der Genannten zusagt, sondern ich am liebsten zurück in mein Bett kriechen würde, erscheint unpassend. Ebenso die Gedanken, die mir seit Zusammentreffen mit Tyler durch den Kopf gehen. Der trägt nämlich nicht nur ein hautenges Shirt, das unmissverständlich seine Eignung als Fitnesstrainer demonstriert, sondern eine nicht minder enge Hose. Falls Tyler sich nicht mit einer Taschenlampe in der Hosentasche auf einen drohenden Stromausfall vorbereiten will, ist er eine Sexbombe auf zwei Beinen, die das Gesamtbild zudem abrunden. Der Grund, dass mir der Entschluss, endlich wieder ins Fitnessstudio zu gehen, nun doch nicht mehr so ätzend erscheint.

Für meine Aufmerksamkeit ist Tylers Erscheinung indes Gift. Die Augen wissen gar nicht, wohin sie als Erstes schauen sollen, und ich überlege, welches der wenigen Kleidungsstücke ich zuerst runterreißen will.

„Kommst du?"

„Öh, ja." Unter Garantie sehe ich aus wie eine Kuh, wenn es donnert. Zumindest fühle ich mich genauso.

Tyler entscheidet für mich, den Stepper zum Aufwärmen zu wählen. Stellt mir ein Programm ein, wobei er sich vor mir über das Bedienpanel beugt und ich mich frage, ob sein Rücken mit Absicht meine Brüste streift?

„Bereit?" Sein spitzbübisches Lächeln in dem nahezu makellosen Gesicht ist wie ein Faustschlag in die Magengrube, und kurz befürchte ich, nach hinten von der Foltermaschine zu kippen. „Du schaffst das schon. Und ich bleibe in deiner Nähe, okay?" Er legt seine Hand auf meine, streichelt sie sogar, und die Hitze klettert meinen Arm herauf.

Ich nicke hilflos. Mehr ist nicht drin und ich beginne, imaginäre Treppen zu erklimmen. Mein Puls ist ohnehin schon jenseits von Gut und Böse, im Grunde benötige ich angesichts dessen dieses Training nicht.

Bruce, Conor, Tyler. Was ist los mit mir? Bin ich so ausgehungert? Zumindest hinsichtlich des fehlenden Dreitagebarts ist Tyler ein Ausreißer. Wobei ja auch Conor anders als Bruce ist. Alle drei Genannten sind zudem attraktiv und darf ich nicht dem Verlangen nachgeben? Ich bin es so satt, das brave Mädchen zu sein.

Mein Verstand holt mich unterdessen auf den Boden der Tatsachen zurück, denn unklar erscheint, ob Tyler nicht einfach nur freundlich ist.

„Alles gut bei dir?"

Ich spüre eine sanfte Berührung am Po durch Tylers Schulter, dann erscheint sein lächelndes Gesicht neben mir. Nah. Sehr nah. „Alles super."

„Sehr schön." Er kommt noch ein wenig näher. „Das hörst du wahrscheinlich öfter, aber du hast einen sehr schönen Po."

Fast gerate ich aus dem Tritt und möchte Tyler sagen, dass ich das so gut wie noch nie gehört habe. Aber warum nicht cool bleiben? „Stimmt", entgegne ich stattdessen.

„Dachte ich mir. Wenn du willst, zeige ich dir gleich ein paar spezielle Übungen." Er lehnt sich zurück und wirft einen vielsagenden Blick auf mein Gesäß. „Damit der auch so knackig bleibt."

In mir regt sich Abenteuerlust, und so entgegne ich: „Warum abwarten? Kannst du mir auch gleich zeigen." Ich garniere das mit einem eindeutigen Augenaufschlag.

Tyler grinst schief. „Dann komm mal mit."

Wie er mir die Dehnübungen demonstriert und dabei seinen Knackarsch in Szene zu setzen weiß, vertreibt das auch den letzten Zweifel, dass Tyler mich tatsächlich anmacht und das ziemlich heftig. Zudem berührt er mich nicht nur einmal an nicht unwesentlichen Stellen meines Körpers, um meine Haltung zu korrigieren.

„Aufgewärmt bin ich. Jetzt kannst du mir die Übungen zeigen", sage ich zu Tyler und genieße den Blick, den er mir ob meiner Coolness zuwirft. Insbesondere, da ich die nicht spielen muss, denn Tyler ist zwar eine Granate, aber ich bin weit davon entfernt, tiefergehende Gefühle für ihn zu empfinden und zudem sicher, dass sich das nicht ändern wird.

Wir arbeiten den gesamten Trainingsplan durch, und unter der Dusche fühle ich mich energiegeladen wie seit langer Zeit nicht mehr. Wofür körperliche Ertüchtigung doch gut sein kann!, denke ich und muss laut lachen.

„Du bist ja gut drauf", kommentiert eine Frau meines Alters, die unter der gegenüberliegenden Dusche steht.

„Bin ich." Immer noch grinsend, verlasse ich die Dusche, springe in frische Klamotten und trete den Heimweg an. Meine pochenden Muskeln künden bereits den Muskelkater an, der mich morgen zum Schmerzbündel werden lassen wird, aber selbst das kann mir nicht die Laune verderben. Endlich habe ich mich in eine heiße Flirterei gestürzt.

Kurz vor unserer Wohnung vibriert mein Handy, und das Display verkündet den Eingang einer Nachricht Conors:

Hey Linn,
der Artikel ist fertig.
Stimmt doch, dass Du heute frei hast?
Wie wäre es mit einem Drink oder Essen?
LG Conor

Die Antwort tippe ich zügig:

Hey Conor,
gerne.
In einer halben Stunde in Simmons Bar zum Lunch?
LG Linn

Die Rückmeldung lässt nicht lange auf sich warten, in der er mir mitteilt, dass er einverstanden ist.

Heute stört es mich nicht, wieder allein im Apartment zu sein, im Gegenteil. So kann ich schnell meine Sportsachen zum Trocknen aufhängen und mein Gesicht mit Make-up aufhübschen. Zufrieden betrachte ich das

Ergebnis, was weniger am Schminkresultat als am Ausdruck liegt. Die Rosigkeit der Wangen, das Leuchten in den Augen – ich wirke frisch und erholt, was zutreffend ist.

Auf dem Fußweg bemerke ich nicht nur ein Augenpaar, was mir folgt. Hätte ich vorher gewusst, dass es so einfach ist, Aufmerksamkeit zu erhalten, hätte ich schon früher den Weg ins Fitnessstudio gefunden. Grinsend erreiche ich Simmons Bar, vor der Conor mein Eintreffen erwartet.

„Da hat jemand gute Laune", empfängt er mich.

„War zum ersten Mal seit Jahren wieder im Fitnessstudio."

„Und siehst so aus? Die Adresse brauche ich. Wenn ich aus meinem komme, gleiche ich einem Zombie." Conor verfällt in einen schlurfenden Gang, wobei er das linke Bein nachzieht.

„Das erwartet mich morgen, wobei ich dann eher laufen werde, als würde ich eine Erwachsenenwindel tragen." Die Oberschenkel zusammen pressend, watschele ich vorwärts, wobei die Vorwärtsbewegung aus Rotation der Hüfte generiert wird.

Lachend stellen wir unsere Vorführung ein und betreten die Bar ohne Gangauffälligkeiten. So locker im Umgang mit Männern, die mir zudem gefallen, wie am heutigen Tag war ich noch nie und stelle im Hinblick auf Conor fest, dass dies meine Attraktivität erhöht. Zwar war er zuvor schon aufmerksam und an mir

interessiert, heute aber spult er das gesamte Gentleman-Programm ab, mit Stuhl zurückziehen und schmachtenden Blicken aus seinen grünen Augen.

„Hier ist er.“ Conor reicht mir zwei Seiten Papier, nachdem wir unsere Bestellung aufgegeben haben.

„Ich bin gespannt.“

„Und?“, fragt Conor, als ich den Artikel an ihn zurückreiche.

„Gefällt mir sehr gut.“

„Aber?“

„Nichts aber.“

Er sieht mich prüfend an, dann entspannen sich seine Gesichtszüge. „Sorry. Obwohl ich das schon einige Jahre mache, bin ich nicht gut darin.“

„Kritik?“

„Damit komme ich zurecht. Es geht mir mehr um die Reaktion desjenigen, über den ich geschrieben habe. Das hat dann eine spezielle Intimität, wenn du verstehst, was ich meine?“

„Denke schon. Das ist wie bei mir die Reaktion auf eine besondere Kuchenkreation.“

„Stimmt. Das hast du ja bereits beim letzten Mal hier erzählt und kennst das Gefühl.“ Ein Lächeln huscht über Conors Gesicht.

„Zwischen Hoffnung und Angst. Wobei sich das zu theatralisch anhört.“

Die Bedienung bringt unsere Getränke, da erst Mittag ist, bleiben wir beide bei Wasser.

„Vielen Dank für den schönen Artikel.“ Ich proste Conor mit meinem Wasserglas zu.

„Nichts zu danken. Ist ja eine Win-Win-Situation. Schließlich sind die Leser stets an positiven Geschichten aus der City interessiert. Ansonsten wird ja nahezu nur Negatives berichtet.“

Wir unterhalten uns zwanglos über Nachrichten, Reisen – Conor möchte wie ich, mal die Tempelanlagen von Angkor in Kambodscha besuchen – während ich mein Gegenüber eingehender studiere. Mir gefällt die Art, wie sich seine Augen weiten, wenn er etwas erzählt, das ihn begeistert. Überhaupt diese grünen Augen unter dem dunklen Haar, deren Blick von Sanftheit zu begehrlichem Funkeln wechseln kann, begeistern mich.

Keine Ahnung, ob die Flirterei mit Tyler die Triebe entfesselt hat, aber ich nehme mir vor, auf Conors Annäherung einzugehen, um zu sehen, was passiert.

Als sich das nächste Mal seine Hand meiner auf dem Tisch liegenden annähert, ziehe ich die nicht unauffällig weg, sondern lasse seine Finger sich annähern, bis sie die meinen berühren. Das Kribbeln, das dadurch ausgelöst wird, klettert den Arm hinauf und kitzelt im Nacken, wo sich die feinen Härchen aufstellen.

„Das hört sich womöglich bescheuert an, und du wirst denken, ich ticke nicht richtig, aber ich mag dich, Linn.“ Der Blick der grünen Augen wechselt vom lieben Jungen zum Mann, der weiß, was er will, und in mir lodert ein Feuer auf.

„Ich mag dich auch“, hauche ich, und mich stört nicht, dass ich dadurch meine toughe Coolness aufgebe. Locker und unverkrampft angehen, das ist der Weg.

Kapitel 15

„Ich freue mich so für dich."

Verdattert starre ich den lächelnden Shaun an, der mich in der Küche erwartet. Nach unserem Mittagessen habe ich Conor mit ins Apartment genommen und wie ein böses Mädchen vernascht. Mehr als verdient, befinde ich, nach dieser langen Durststrecke.

„Lerne ich ihn kennen, oder bleibt es bei dem einen Mal?" Shaun grinst schief.

„Ich denke, du lernst ihn kennen." Ich freue mich über die Reaktion meines Mitbewohners. Gerade Männer, die selbst nichts anbrennen lassen, neigen dazu, das bei anderen kritisch zu sehen. Besonders bei Damen. Warum ein Kerl mit Eroberungen ein cooler Macker ist und eine Frau schnell eine Schlampe, hat mich schon immer geärgert. Abgesehen davon ist der heutige Tag ein Ausreißer in meiner sonstigen Sexbilanz.

„Das freut mich umso mehr."

Als habe er das Gespräch gehört, kommt Conor in Boxershorts und Shirt in die Küche. „Hi. Ich bin Conor."

„So schnell wird die geplante Zukunft zur gelebten Gegenwart", kommentiert Shaun.

Die beiden tauschen ein paar Floskeln aus, bevor Shaun sich verabschiedet, nicht ohne mir hinter Conors Rücken pantomimisch zu bedeuten, dass er Conor nicht unattraktiv findet.

„Tee?", frage ich.

„Gerne." Conor setzt sich an den Küchentisch. „Und wieder schicke ich voraus, dass du mich gleich womöglich für bescheuert hältst."

Ich schalte den Wasserkocher ein und drehe mich um. „Jetzt bin ich gespannt."

„Ich wollte dir sagen, dass wir es locker angehen können. Ich schätze dich als jemanden ein, der sich schnell verpflichtet fühlt, so bin ich auch. Aber dass wir einander mögen und Sex hatten, heißt nicht, dass wir heiraten müssen." Er schluckt und beeilt sich hinzuzufügen: „Was nicht heißt, dass ich dich nicht weiter kennenlernen möchte." Aus den grünen Augen blickt mir der liebe Junge entgegen, der sogar ein wenig verzweifelt wirkt. „Das war völlig bescheuert, oder? Was ich gesagt habe?"

Ich beuge mich vor und lege die Arme um ihn. „Überhaupt nicht. Ich finde das nicht nur total süß, sondern bin dir dankbar, dass du das ausgesprochen hast. Diese Gedanken gehen mir auch durch den Kopf, ich hätte mich nur nicht getraut, sie auszusprechen."

Conor vollführt eine Geste, als würde er sich den Schweiß von der Stirn wischen. „Da bin ich froh." Seine Mundwinkel zucken kurz nach oben, finden aber keinen Halt für ein Lächeln. „Nach meiner letzten Beziehung, die dadurch geprägt war, dass ich mich verbogen habe, um um die Gunst meiner Freundin zu buhlen, habe ich mir vorgenommen, von Anfang an offen zu sein und mich nicht gleich Hals über Kopf in eine Beziehung zu stürzen."

„Finde ich sehr weise und gut." Ich gieße das kochende Wasser in die Tassen und kehre mit denen zum

Tisch zurück. „Auch ich habe kein wirklich glückliches Händchen, was Beziehungen anbelangt."

„Der Detective Chief Inspector? Bruce?"

Diese Frage muss ich nicht beantworten, mein überraschter Gesichtsausdruck spricht für sich.

Conor legt die Hand auf seine Brust. „Sorry. Als Journalist lernt man, zwischen den Zeilen zu lesen. Obwohl du das nicht ausgeführt hast, die Art, wie du von ihm sprichst, der Ausdruck in deinen Augen, mir war klar, dass mehr dahinter steckt."

„Ich bin eine Meisterin darin, mir selbst im Wege zu stehen."

„Kommt mir bekannt vor. Aus Angst vor einer Abfuhr versucht man es erst gar nicht."

„Aber reden wir nicht über ihn." Mein Blick entdeckt die Küchenuhr an der Wand. „Schon so spät?"

„Musst du weg?" Er gähnt.

„Leider ja. Terry und ich sind im Café verabredet."

„Nicht schlimm, ich habe auch noch zu tun."

Ich räume die Tassen in die Spülmaschine und verschwinde anschließend mit Conor in meinem Zimmer, wo wir unsere Kleidung überstreifen. Aus dem Augenwinkel bemerke ich seine Blicke und freue mich darüber. Egal, wie langsam wir es angehen lassen werden, gegen eine baldige Wiederholung dieses Nachmittags gibt es nichts einzuwenden.

Für heute ist mein Bedürfnis jedoch ausreichend gestillt, und auf dem Weg zum Café freue ich mich darauf, mit Terry weiter an dem Fall zu arbeiten, was der Grund unseres Treffens ist. Ich verabschiede mich von Conor bereits vor Erreichen des Cafés. Ich werde Terry zwar von meinem aufregenden Tag berichten, möchte damit jedoch nicht starten.

„Ich schreibe dir."

„Alles klar."

Wir umarmen einander, und ich drücke Conor einen Kuss auf den Mund. Wie er daraufhin errötet und den Blick niederschlägt, bringt mich fast dazu, noch einen nachzulegen, aber das wäre zu viel. Stattdessen hebe ich die Hand zum Gruß und gehe dann die Beak Street herunter, bis ich das Café erreiche.

Terry ist bereits vor Ort. „Du strahlst aber!", empfängt sie mich.

„Ich hatte ebenfalls einen tollen Tag. Erzähle ich dir später. Lass uns erst mal die Informationen zusammentragen und auswerten.

„Klar."

Mit Kaffee in der Hand versammeln wir uns vor dem großen Spiegel, den Terry bereits gereinigt hat. Darauf notieren wir die gesammelten Fakten und versuchen, die in sinnvolle Verbindung miteinander zu bringen.

„Dieser Troy war vermutlich der Kerl, den wir vor der Wohnung getroffen haben?"

„Das können wir leicht herausfinden." Ich ziehe den Zettel aus der Hosentasche und bin froh, daran gedacht zu haben, ihn einzustecken. „Hey Becca, ich war an deiner Wohnung und wollte dich treffen, aber du warst nicht da. Wir müssen dringend reden. Will", lese ich.

„Also doch nicht Troy." Terry zieht die Brauen zusammen.

„Einen Will hat Sandy ebenfalls erwähnt, bevor sie dann auf Troy kam."

„Ist der auch verheiratet?"

Ich zucke mit den Schultern. „‚Wir müssen reden‘ hört sich dringlich an.“ Mit dem Marker notiere ich „Will“, ziehe einen Kreis um den Namen und schreibe „Brief“ daneben.

„Drei Kerle, mit denen Rebecca etwas am Laufen hatte. Vielleicht spielte Eifersucht eine Rolle?“

„Mit ihrem Chef, diesem Devon, lief nichts, denke ich.“ Ich drehe den Stift zwischen den Fingern.

„Was ebenfalls ein Motiv sein könnte, wenn er das womöglich wollte.“

Ich kaue auf meiner Unterlippe. „Der Diebstahl der Parfumtester wäre ein deutlich stärkeres Motiv.“

„Stimmt. Zumal er davon Wind bekam und Rebecca kurz darauf verstarb.“ Terry nimmt mir den Marker aus der Hand und schreibt „Rita“ an den Spiegel. „Ich weiß, dass du es für unwahrscheinlich hältst, aber immerhin hat sie wegen Rebecca ihren Job verloren.“

„Du hast natürlich recht. Aus Sympathie darf ich nicht die Fakten aus den Augen verlieren.“

„Apropos Sympathie.“ Terry legt den Kopf schief. „Darf ich jetzt erfahren, was dich heute zum Strahlen bringt?“

Ich grinse. „Da wirst du staunen, ich kann es selbst noch nicht glauben.“ Während ich ihr zunächst vom Fitnessstudio und Tyler berichte, um danach zu Conor überzugehen, werden Terrys Augen immer größer.

„Du Luder!“, ruft sie am Ende meiner Erzählung aus und gibt mir einen Klaps auf die Schulter. „Super! Ich freue mich für dich. Vor allem, dass dich keine Bedenken davon abgebracht haben, die Chance zu ergreifen.“

„Ein Tag wie heute wird die Ausnahme bleiben, aber ich bin happy, ihn erlebt zu haben.“

„Die richtige Haltung." Terry schlendert zur Kaffeemaschine, um uns Nachschub zu zubereiten. „Und Conor?"

„Es langsam angehen zu lassen, fühlt sich richtig an. Obwohl er mir immer besser gefällt."

„Es spricht nichts dagegen, das Tempo im Verlauf anzuziehen. Wirst du schon merken, ob dir oder euch danach ist." Sie kehrt mit den Kaffeetassen zurück.

„Womöglich ist es ein Trugschluss, aber mir scheint, als hätte Rebecca Geld gebraucht."

„Hmm. Hast du noch diese Speisekarte?"

Ich bin Terry dankbar, dass sie den Themenwechsel so problemlos mitmacht. Es geht mir nicht darum, ihr etwas bezüglich Conor zu verheimlichen, aber da zu dem Thema derzeit alles gesagt ist, bringt es nichts, weiter zu sprechen und mögliche Probleme heraufzubeschwören. Eine Lektion, die ich gelernt habe und auch in Zukunft beherzigen möchte.

„Mist, die habe ich vergessen."

Terry winkt ab. „Kein Problem. Viel stand da ohnehin nicht drauf. Bis auf." Sie tritt erneut an den Spiegel, um „Salvatore" darauf zu schreiben.

„Stimmt, den Namen hatte sie notiert."

„Du hast die Karte zu Hause?"

„Genau."

„Ich würde vorschlagen, dass wir die holen und dort etwas zu Essen besorgen. Ich habe ohnehin Hunger. Wie sieht es bei dir aus?"

Der heutige Tag war derart turbulent, dass ich die wesentlichen Punkte aus den Augen verlor. Froh darüber, endlich Aufmerksamkeit geschenkt zu bekommen, meldet sich mein Magen grummelnd zu Wort.

„Das ist eindeutig“, kommentiert Terry und klopft mir auf die Schulter. „Bei der körperlichen Betätigung heute isst du mindestens für zwei.“

Kapitel 16

Dass Namen nur Schall und Rauch sind, offenbart sich wieder einmal, als wir bei der Pizzeria „Laguna di Venezia" eintreffen. Der bis zur Decke gekachelte Raum mit der stählernen Theke versprüht in etwa so viel Charme wie Rotwein aus dem Tetra Pak. Hinzu kommt, dass die unter Glas präsentierte Antipasti wirkt wie zwei Tage alt. Die Sauberkeit lässt insgesamt zu wünschen übrig. Schwer vorstellbar, dass dieser Laden irgendwelche Stammkunden haben soll. Andererseits kenne ich Rebecca und ihre kulinarischen Vorlieben nicht.

Terry und ich tauschen einen vielsagenden Blick aus, bevor wir das Restaurant betreten.

„Buonasera Ladies", empfängt uns ein Herr, dessen Schmierigkeit zur Auslage passt. „Was kann ich für Sie tun?"

Normalerweise wäre dies mein Stichwort, Terry um Rat zu fragen, aber ich folge einem Impuls, und der lässt mich die von Rebecca markierte Speisekarte zur Hand nehmen und die angekreuzten Gerichte bestellen. Das Ganze garniere ich mit der Frage: „Ist Salvatore da?"

Die Augen des Kerls hinter dem Tresen verengen sich, und er sieht mich eindringlich an. „Ihr wollt zu Salvatore?"

Eine Alarmglocke schrillt in meinem Kopf auf, doch die Neugierde obsiegt, so dass ich entgegne: „Ganz genau."

Der Typ lehnt sich über die Theke, um Terry und mich optisch abzuscannen. „Wird Salvatore gefallen."

Bevor wir fragen können, was er damit meint, ist der Mann durch eine Tür verschwunden.

„Das gefällt mir nicht", sagt Terry.

„Mir auch nicht, aber wir wollen doch Informationen sammeln?" Noch während ich das ausspreche, gibt meine in sich zusammenfallende Selbstsicherheit eine Antwort auf diese Frage.

„Wir sollten ...", weiter kommt Terry nicht, denn die Tür schwingt auf, und der schmierige Typ hat einen nicht minder widerwärtigen Kumpan im Schlepptau. Salvatore, wie ich vermute.

„Allora, wen haben wir denn da?" Der Kerl mit Schmerbauch und dem zurückgegelten, ergrauenden Haar kommt hinter dem Tresen hervor und beginnt, Terry und mich zu umrunden. „Du hast recht, Luigi. Zwei Hübsche sind das. Gute Ware."

„Ware?" Terry stemmt die Hände in die Hüften.

„Etwas aufmüpfig, was?" Salvatore bringt sein Gesicht näher an das von Terry. „Ich bekomme dich zahm, keine Sorge."

„Ich denke, das ist ein Missverständnis", beginne ich.

„Missverständnis?", fragt Luigi. „Kann ich mir nicht vorstellen. Woher kennt ihr sonst die Auswahl und Salvatore?"

„Von Rebecca." Noch bevor ich darüber nachdenken kann, ob es eine gute Idee ist oder nicht, den Namen zu erwähnen, hat er meine Lippen passiert.

Salvatore macht einen Satz auf mich zu, kommt mir so nah, dass ich Rauch und Knoblauch in seinem Atem riechen kann. „Sieh einer an. Freundinnen von Rebecca. Glaubt sie, so ihre Schulden schneller abarbeiten zu können?"

Ich packe Terry am Arm und möchte zum Ausgang stürmen, doch Salvatore ist, trotz seiner Statur, erstaunlich behände und versperrt uns den Weg.

„Ihr wollt schon gehen? Lasst uns einander doch erst einmal kennenlernen."

Meine Gedanken rasen, dann habe ich eine Idee. Unauffällig fährt meine Hand in die Gesäßtasche, in der das Handy steckt. Ich finde und halte den Knopf gedrückt, bete währenddessen, dass es funktioniert. „Bruce anrufen, müssen wir noch, Terry." Die ersten beiden Worte spreche ich klar, die darauffolgenden murmele ich nur.

Terry starrt mich an, als habe ich den Verstand verloren.

„Niemanden werdet ihr anrufen", kommentiert Luigi, der sich uns von der anderen Seite nähert.

„Bitte. Halten Sie uns nicht fest. Hier in der Pizzeria Laguna di Venezia in der 23 Rumsey Road. Das dürfen Sie nicht. Wir haben Ihnen nichts getan."

Salvatore und Luigi schauen ebenfalls konsterniert drein. Inständig hoffe ich, dass sie nicht verstehen, was vorgeht und dass Bruce, den ich mein Telefon anrufen ließ, tatsächlich dran ist und verstanden hat, dass wir in Gefahr schweben.

„Wir bringen die beiden nach hinten", kommandiert Salvatore.

„Und wenn die jemand sucht?"

„Die sucht niemand. Wenn die Rebecca und die Kombination kennen, sind das keine Frauen, die jemand vermissen wird."

Die zwei Kerle bringen uns nach hinten und sperren uns in eine Art Vorratskammer mit einer Stahltür. Sogleich ziehe ich das Smartphone aus der Tasche. Die gute Nachricht ist, dass der Anruf durch ging.

„Funktioniert es?", fragt Terry.

Ich halte das Mobiltelefon ans Ohr und schüttele den Kopf. „Hier drinnen gibt es keinen Empfang. Aber der Anruf lief noch, das heißt, dass mein Handy Bruce angerufen hat. Jetzt müssen wir noch hoffen, dass er alles verstanden hat und schnell hier ist."

Terry fällt mir um den Hals. „Das hast du super gemacht. Mir ist nichts eingefallen, war völlig überrumpelt."

„Damit war auch nicht zu rechnen. Was wollen die von uns?"

„Wenn ich wetten müsste, würde ich auf Prostitution oder so etwas tippen."

„Echt jetzt?" Mir läuft es eiskalt den Rücken herunter.

„Damit haben wir auch die Antwort auf Rebeccas Probleme. Wahrscheinlich stand sie bei diesem Salvatore in der Kreide. Meine Kenntnisse beschränken sich zwar auf einschlägige Filme und Serien, aber da ist es meist so, dass eine Frau, die aussteigen will, ihren Zuhälter ausbezahlen muss."

„Furchtbar. Und die Kombination?" Ich ziehe die Speisekarte aus der Tasche. „Die Gerichte, die Rebecca markiert hat, waren nicht ihre reguläre Bestellung, sondern eine Art Code, um zu Salvatore zu gelangen."

„Womöglich hat sie tatsächlich Frauen für diesen Fiesling rekrutiert?“

„Ich hoffe nur, dass Bruce bald da ist. Das ist mehr als eine Nummer zu übel für mich.“

„Für mich auch.“ Terry reibt sich die Augen. „Wer hätte auch ahnen können, dass wir auf so etwas stoßen?“

Terry lehnt sich an eine der Wände, und ich marschiere wie ein Tiger im Käfig auf und ab. Die Zeit dehnt sich endlos, und meine Sorge, dass Bruce zwar den Anruf entgegengenommen, aber uns nicht verstanden hat, wächst.

Immer wieder ziehe ich mein Handy aus der Tasche, probiere jeden Winkel des Raumes aus in der Hoffnung, eine Stelle zu finden, in der ich Empfang habe. Ich klettere sogar auf die Regale, um mehr in Richtung Decke zu gelangen. „Kein Netz, auch nicht hier“, kommentiere ich meine erfolglosen Bemühungen. „Wir sollten etwas suchen, das wir als Waffe nutzen können.“

Wir bewaffnen uns mit je einer Dose passierter Tomaten und beziehen Stellung nahe der Tür. Angestrengt lausche ich, aber durch die Stahltür dringt kein Geräusch zu uns durch. Wie viel Zeit verstreicht, lässt sich schwer abschätzen und ich traue mich nicht, mein Handy herauszuholen, um nachzuschauen. Fürchte ich doch, dass genau in diesem Moment die Mafiosi in den Raum stürmen.

Ein Klicken kündet von einem Schlüssel, der im Schloss gedreht wird. Terry und ich heben die Büchsen über den Kopf und warten angespannt, dass die Tür aufgestoßen wird, was Sekundenbruchteile später geschieht.

Ich mache einen Schritt nach vorne, Terry tut es mir gleich. Die Dosen in unseren Händen schnellen hinab. Im letzten Augenblick stoppen wir die Bewegung, denn vor uns steht nicht Salvatore oder Luigi, sondern ein sorgenvoll dreinblickender Bruce.

„Gott sei Dank! Euch geht es gut."

Die Dose werfe ich zur Seite und mich Bruce um den Hals. „Danke", schluchze ich.

„Was mache ich nur mit euch?", fragt Bruce in mein Haar, das Gesicht presse ich an seine Schulter, während Tränen der Erleichterung sein Hemd durchtränken.

„Wir haben nicht geahnt, dass so etwas passiert", gibt sich Terry ungewohnt kleinlaut.

Bruce seufzt und löst sich von mir. „Beim ersten Mal kann man das gelten lassen, aber für euch ist es das nicht. Vor wenigen Monaten musste ich euch bereits vor zwielichtigen Kerlen aus der Westminster Abbey retten." Er sieht mich an. „Du hast mir versprochen, dass so etwas nicht wieder vorkommt."

Ich schlage die Augen nieder und weiß nicht, was ich sagen soll.

„Wir werden uns unterhalten, und dieses Mal kommt ihr mir nicht so glimpflich davon."

„Was soll das heißen?", fragt Terry Bruce, der bereits durch die Tür ist.

„Das werdet ihr erfahren", antwortet er.

Kapitel 17

„Ihr wart in Rebecca Micks Wohnung?" Bruce blickt entgeistert von mir zu Terry und wieder zurück.

Obwohl die Unterhaltung erst wenige Minuten andauert, ist dies bereits der dritte Moment, in dem er auf unsere Erzählung derart reagiert. Das erste Mal galt dem Gespräch mit Rita, die ich unter Vortäuschung des Fundes ihres Ohrrings ins Café gelockt habe, das zweite Mal der Tatsache, dass wir Rebeccas Nachbarin Sandy aufsuchten und befragten.

„Wie seid ihr in das Apartment gekommen?"

Ich schlucke und werfe Terry einen Seitenblick zu. Haben wir allen Ernstes geglaubt, um diesen Teil der Geschichte herumkommen zu können? Einen Moment bedaure ich, Bruce um Hilfe gerufen zu haben, doch was wäre die Alternative gewesen? Für Salvatore und Luigi anschaffen gehen?

Bruce faltet die Hände auf dem Tisch vor sich, was eine beruhigende Geste sein könnte, würden seine Knöchel nicht weiß hervortreten, da sich in Wahrheit die Finger ineinander krampfen. „Linn, Terry. Ich will, dass ihr ehrlich seid und mir alles erzählt."

„Okay." Ich räuspere mich, dann berichte ich von den Spezial-Brownies, wobei ich die zur Gemeinschaftskreation Terrys und meiner Wenigkeit erkläre.

„Ich hoffe, der Dame geht es gut." Bruce schnaubt. „Ihr könnt doch nicht jemanden unter Drogen setzen."

„Es ist ein zugelassenes Medikament. Wenn auch verschreibungspflichtig." Terrys Entgegnung klingt halbherzig. Ihr ist ebenso bewusst, wie dünn das Eis ist.

„Das macht es kaum besser. Zwar kein Verstoß gegen das Betäubungsmittelgesetz, aber dennoch habt ihr euch strafbar gemacht. Sogar in mehreren Punkten."

Ich schlucke die Erwiderung, dass dies mit den besten Absichten verübt wurde, herunter. Würde Bruce nicht davon ausgehen, führten wir kein Gespräch, sondern müssten uns schon bald vor einem Gericht verantworten. Wobei dieser Ausgang nicht unwahrscheinlich erscheint. Immerhin sagte Bruce in der Pizzeria, dass er uns dieses Mal nicht so glimpflich davonkommen lassen wolle. Ob als Ausdruck seiner überschäumenden Wut im ersten Augenblick oder tatsächlich etwas, das er in die Tat umsetzen möchte, wird sich zeigen.

„Okay." Bruce fährt sich durch das Haar. „Ich muss das erst sacken lassen und mir Gedanken machen. Wie gesagt, dieses Mal muss es Konsequenzen haben. Für den Moment möchte ich wissen, was ihr herausgefunden habt."

Ich lege die Speisekarte auf den Schreibtisch. „Die hing an Rebeccas Kühlschrank und ist uns nur aufgefallen, weil da der Name des einen Kerls notiert war. ‚Salvatore'. Wir haben nicht erwartet, dort in Schwierigkeiten zu gelangen."

Bruce nickt wortlos. Sein angespannter Gesichtsausdruck weckt in mir das Bedürfnis, fortzufahren: „Die Gerichte, die Rebecca angekreuzt hat, waren nicht die,

die sie regelmäßig bestellte, wie wir vermuteten, sondern eine Art Code."

„Code?" Bruce runzelt die Stirn.

„Es würde mich nicht wundern, wenn die Pizzeria nur eine Tarnung ist", sagt Terry.

„Tarnung? Für was?" Bruce wirft erst Terry, dann mir einen fragenden Blick zu.

„Für ein Bordell oder einen Straßenstrich. Auf jeden Fall sagte dieser Salvatore etwas von ‚neuer Ware' und hat uns entsprechend begutachtet." Nur beim Gedanken daran läuft es mir eiskalt den Rücken herunter.

„Womöglich hat Rebecca für ihn Mädchen rekrutiert", mutmaßt Terry.

„Falls Rebecca ausgestiegen ist und ihm eine Ablöse bezahlen musste? Das würde auch den Diebstahl der Tester erklären."

Bruce hebt die Hand. „Moment. Moment. Ihr zwei. Eines nach dem anderen. Diebstahl? Tester? Ablöse?" Er lehnt sich zurück und verschränkt die Hände hinter dem Kopf, während sein Blick durch uns hindurchgeht. Seine Augen finden meine und betrachten mich auf eine Art, die ich für Bewunderung hielte, wäre dies in der jetzigen Situation nicht völlig unpassend. „Auf die Gefahr hin, dass es ein falsches Signal aussendet. ich weiß, dass ihr beide und besonders du", erneut blickt er mich an, „ein untrügliches Gespür habt. Also, fang nochmal von vorne an, wobei du zunächst bei den Fakten bleibst. Nur, was ihr gesehen, gehört und gefunden habt. Erst im Anschluss könnt ihr mir eure Theorien präsentieren."

Die Änderung der Stimmung registriere ich mit Dankbarkeit, und sie klart aufgrund der Schilderungen, die Terry und ich im Wechsel vornehmen, sogar weiter auf. Denn tatsächlich können wir Bruce mit einigen neuen Informationen versorgen.

„Ich fasse mal zusammen." Bruce legt die Hände auf der Tischplatte ab, wobei die sich berührenden Fingerspitzen ein Dreieck bilden. „Das Opfer stielt Parfumtester. Wir vermuten, um die zu verkaufen. Als eine Kollegin ihr auf die Schliche kommt und den Diebstahl melden will, diskreditiert sie diese, indem sie ihr Geld aus der Kasse in die Tasche steckt. Daraufhin wird die Kollegin gekündigt und telefoniert von eurem Café aus. Tags darauf beobachtet Linn einen Streit zwischen dem Inhaber der Parfümerie, Mr Barns, und dem Opfer, worin dieses auf Geschehnisse im Pausenraum hinweist. Tags darauf wird Rebecca Micks vergiftet."

„Das sind die Fakten", kommentiere ich.

„In der Wohnung des Opfers entdeckt ihr das Foto der Parfümeriemitarbeiter."

„Ich habe es abfotografiert." Ich schiebe mein Handy über die Tischplatte zu Bruce.

„Ich sehe, was ihr meint", sagt er, nachdem er das Foto vergrößert hat. „Aber es ist nur eine Vermutung von euch. Vorsicht mit vorschnellen Rückschlüssen."

„Was ist mit diesem Salvatore?", frage ich.

„Was soll mit dem sein?" Bruce sieht von seinen Aufzeichnungen hoch.

„Es war klar, dass Salvatore Rebecca kannte. Dass die beiden eine Verbindung zueinander haben. Wenn sie Schulden bei ihm hatte, wäre das doch ebenfalls ein Motiv."

Bruce nickt. „Wir werden die beiden ohnehin verhören.“

„Dann sind da noch die Verehrer.“

„Von denen hat uns die Nachbarin Sandy Elton ebenfalls berichtet. Warum sollten die Micks beiseiteschaffen wollen?“

Die verbesserte Stimmung würde ruiniert, teilte ich Bruce mit, dass mein Gefühl mir sagt, dass dies ein Punkt ist, der nicht aus den Augen gelassen werden sollte. Dann erinnere ich mich, was er mir damals über seine Schwester erzählte, sein Gefühl, dass etwas nicht stimme und er dem nicht nachgegangen sei. Und dass er mir riet, der Intuition zu trauen.

„Was ist los?“, fragt Bruce, der aus meinem Gesicht den inneren Kampf abliest.

„Es ist nur eine Intuition, aber die sagt mir, dass es lohnt, die Verehrer ebenfalls zu überprüfen.“

Bruce’ Blick ruht auf mir, dann deuten seine Mundwinkel ein Lächeln an. „Ich sage euch was, ich nehme mir sowohl die beiden Zuhälter als auch die Verehrer vor. Dafür versprecht ihr mir, dass ihr auf Alleingänge verzichtet.“

„Einverstanden“, sagt Terry.

Ich möchte einstimmen, doch ein Gedanke drängt sich auf, möchte ausgesprochen werden. „Ich weiß, dass wir einen schlechten Stand haben, aber du musst ehrlich zugeben, dass wir wichtige Zusammenhänge herausgefunden haben.“ Die Widerworte Bruce’, die ich erwartet habe, bleiben aus. „Sollten wir etwas mitbekommen, immerhin liegt unser Café gegenüber der Parfümerie, teilen wir dir das selbstverständlich mit.

Aber weihst du uns ebenfalls ein, wenn du neue Informationen hast?"

Die Arme vor der Brust verschränkt, starrt Bruce mich an, und ich erwarte das Donnerwetter, das mir gleich entgegenpeitschen wird. Angefangen mit der Frage, was ich mir einbilde? Und dass wir froh sein können, dass Bruce uns nicht einbuchtet. Doch etwas hat sich verändert während unseres Austausches und lässt mich Mut schöpfen, es zu versuchen.

Bruce lehnt sich zurück, die Arme weiterhin verschränkt. Ein breites Grinsen zeigt sich auf seinem Gesicht, als er sagt: „Da ist ja jemand selbstsicher. Gefällt mir, deshalb denke ich darüber nach."

Kapitel 18

Dieses Mal müssen wir uns daran halten, was wir mit Bruce vereinbarten: Keine weiteren Ermittlungen auf eigene Faust. Das Leben aber verfolgt eigene Pläne und spült uns eine gut gelaunte Rita ins Café. Der erwachenden Neugierde gebe ich somit ohne Bedenken nach, schließlich ist Rita hierher gekommen.

„So gut gelaunt?", empfange ich sie.

„Hört sich womöglich pietätlos an, aber Mr Barns braucht nun, da Rebecca verstorben ist, dringend Mitarbeiter und hat mich gefragt, ob ich zurückkehre."

Obwohl sich eine Frage nach vorne drängelt, schiebe ich sie nach hinten und nehme stattdessen Ritas Bestellung auf.

„Sie hier?", fragt Terry, während ich den Kaffee zubereite.

„Hat wohl ihren Job zurück."

„Dann ging der Plan ja auf." Terry grinst schief.

„Für einen Job jemanden zu killen? Rita sagte doch selbst, dass Verkäuferinnen überall gesucht werden."

„Und dennoch sitzt sie nun hier und hat ihren alten Job zurückgenommen."

„Hmm." Es stimmt schon, was Terry sagt. „Habe ich auch schon gedacht." Ich stelle die Tasse auf eine Untertasse. „Zumindest kann ich sie fragen, was im Pausenraum passiert ist."

„Prima Idee. Und ohne dass wir unser Versprechen Bruce gegenüber brechen müssen." Terry stupst mich mit der Schulter. „Meine Linn wandelt sich immer mehr zur furchtlosen Femme fatale. Ich wollte dir noch sagen, dass ich es großartig fand, wie besonnen du in der Pizzeria gehandelt hast. Auch deine Gesprächsführung mit Bruce. Ich weiß ja nicht, was du mit Conor vorhast, aber spätestens seit gestern bin ich sicher, dass Bruce ebenfalls nicht nein sagen würde."

„Danke." Ich lächle Terry an und gehe mit der Tasse in der Hand auf Ritas Tisch zu. Gestern sprachen wir nicht mehr über die Geschehnisse, waren womöglich zu sehr durch den Wind. Terrys Worte erfreuen und erfüllen mich mit Stolz. Tatsächlich ist meine Einschätzung Bruce gegenüber ähnlich, doch diese Erkenntnis wird von einer weiteren begleitet, nämlich der, dass ich nicht glaube, das noch zu wollen. Ob es an meinem zu langen Zögern liegt oder daran, dass Conor nun in meinem Leben ist, kann ich nicht sagen. Fakt ist, dass es zum Erkalten des heißen Verlangens gekommen ist und ich die Angelegenheit nüchterner betrachte.

„Hier ist der Cappuccino", kommentiere ich den Serviervorgang.

„Sieht gut aus." Rita reißt ein Tütchen Zucker auf und schüttet es in die Tasse.

„Wann fangen Sie an?" Ich halte die Hand auf und nehme das leere Zuckertütchen entgegen.

„Morgen. Mr Barns hat heute noch etwas zu erledigen. Deshalb bleibt die Parfümerie geschlossen."

Ich nicke. „Darf ich Sie etwas fragen?"

Rita sieht von ihrer Tasse auf, was ich als Zustimmung auffasse.

„Am Tag, nachdem Sie entlassen wurden, habe ich etwas beobachtet. Einen Streit zwischen Mr Barns und Rebecca. Ich konnte nicht alles verstehen, aber zum Schluss hat sie ihm quasi gedroht. Sie sagte, sie habe die Sache im Pausenraum nicht vergessen und er sollte das ebenfalls nicht."

Ritas Blick ist starr auf die Milchschaumkrone gerichtet, die sie mit dem Löffel durchpflügt. „Man soll nicht schlecht über Tote sprechen, aber Rebecca ..." Sie legt den Löffel auf der Untertasse ab. „Um das zu bekommen, was sie wollte, setzte sie alles ein. Es mag sich anhören wie eine Begründung aus dem vergangenen Jahrhundert, die Männer gerne bemühen, um einen Übergriff zu rechtfertigen, nach dem Motto ‚die hat mich angemacht, und ich bin nur das Opfer'. Selbstverständlich verurteile ich das und halte es in der weit überwiegenden Zahl der Fälle für verwerflich und falsch. Bei Mr Barns und Rebecca aber war es zutreffend."

„Was meinen Sie?"

„Rebecca war eine attraktive Frau, und wenn sie etwas wollte, speziell von Männern, setzte sie diese Attraktivität ein. Da wurde ein weiterer Knopf der Bluse geöffnet, sich tief gebückt, um etwas aufzuheben, selbstverständlich wurde dabei der Po herausgestreckt."

„So verhielt sie sich nur gegenüber Mr Barns?"

Rita schüttelt den Kopf. „Ich habe das auch im Kundenumgang beobachtet, wobei Rebecca geschickt war. Sie rückte niemandem wirklich auf die Pelle, und jede ihrer Aktionen konnte sie als falsch verstanden entschärfen, sollte sich jemand beschweren."

„Sie hat sich an Mr Barns rangemacht?"

„Anders kann ich es nicht schildern, wobei ich ja nur Bruchteile mitbekam. Aber das reichte mir schon."

„Was war im Pausenraum?"

„Ich habe nicht genau mitbekommen, was passiert ist, aber man spürt ja, dass etwas nicht stimmt, wenn man zu einer Situation hinzukommt, die eigenartig ist. Die beiden waren eines Tages im Pausenraum verschwunden, und ich bin nach hinten, um Rebecca zu holen, da sich die Parfümerie füllte. Damals habe ich den Geschehnissen keine größere Bedeutung zugeschrieben, aber von da an war Rebecca Mr Barns gegenüber regelrecht gemein. Wenn er sich zur Wehr setzte, zischte sie ihm irgendetwas zu, was ich nicht verstand."

„Womöglich hat er einen Annäherungsversuch unternommen?"

„Auch meine Vermutung. Und das Thema sexuelle Belästigung ist seit einigen Jahren brandaktuell."

Ich nicke. Ritas Schilderung fügt sich ein in das Gesamtbild und rundet ab, was ich beobachtet und gehört habe. „Es könnte also sein, dass Mr Barns am Tag vor Rebeccas Tod herausfand, dass sie tatsächlich die Tester gestohlen hat und sie zur Rede stellte. Woraufhin sie ihm mit den Ereignissen im Pausenraum oder vielmehr deren Offenlegung drohte."

Rita kaut auf ihrer Unterlippe. „Wenn Sie das so sagen, hört es sich an, als habe Mr Barns etwas mit Rebeccas Tod zu tun, dabei ist er ein fürsorglicher und freundlicher Mann. Niemals würde er so etwas tun. Welcher Chef würde sich ein derartiges Verhalten einer Mitarbeiterin über Monate gefallen lassen?"

Ich bin mir nicht sicher, ob dies tatsächlich für Mr Barns' Qualitäten spricht, zumindest nicht als Chef, enthalte mich jedoch eines Kommentars. Stattdessen frage ich: „Wie lange arbeitete Rebecca in der Parfümerie?"

„Nicht lange. Sechs Wochen denke ich."

Ich hebe die Brauen. „Habe ich nicht erwartet. Nach Ihren Schilderungen scheint es, als hätten Sie länger mit ihr zusammengearbeitet."

Rita seufzt. „Liegt wahrscheinlich daran, dass so viel passierte. Bei Rebecca war immer etwas los, das Drama folgte ihr auf Schritt und Tritt oder wurde von ihr initiiert."

„Was meinen Sie damit?"

„Ich kann das nicht an konkreten Beobachtungen festmachen. Aber Rebecca erschien stets ruhelos, manchmal sogar, als werde sie verfolgt. An einen Tag kann ich mich erinnern, da hatte sie blaue Flecken an den Unterarmen."

„Wie von einem Kampf?"

Rita zuckt mit den Schultern. „Sie sagte, sie sei manchmal ungeschickt, aber ich konnte in ihren Augen sehen, dass sie etwas verheimlichte." Rita trinkt von ihrem Kaffee. „Langweilig wurde es definitiv nie mit ihr."

Die Worte hallen in meinem Kopf nach, als ich zu Terry zurückkehre.

„Ich halte weder Barns noch Rita für den Täter." Terry schüttet heiße Milch in eine Tasse.

„Der Brief." Ich schlage mir mit der Hand an die Stirn.

„Welcher Brief?"

„Der von diesem Will. Das haben wir Bruce nicht erzählt."

„Stimmt." Terry schaufelt mit einem Löffel Milch-
schaum auf ihre Kaffeekreation. „Das sieht natürlich
doof aus."

„Am besten, ich rufe ihn gleich an. Dann können wir
es noch darauf schieben, dass wir es gestern in der Aufregung vergessen haben."

„Mach das."

Ich wähle Bruce' Kontakt, und er nimmt nach dem
zweiten Tuten ab. „Linn. Alles ok bei euch?"

„Ja, keine Sorge. Heute musst du uns nicht retten." Ich
lache kurz auf. „Aber es gibt noch etwas, was ich dir
gerne erzählen würde."

„Klar. Ich kann gleich im Café vorbeikommen. Ich
wollte eh nochmal in die Parfümerie, um dem Besitzer
weitere Fragen zu stellen."

Fast rutscht mir heraus, dass ich diesbezüglich ebenfalls über neue Informationen verfüge, doch es erscheint besser, das im persönlichen Gespräch anzufüh-
ren. „Alles klar. Du weißt ja, wo du uns findest."

Als ich auflege, winkt Rita mich zu sich. „Ich würde
gerne zahlen."

„Klar." Ich nenne ihr den Betrag, den sie mit Karte be-
gleicht. „Ich freue mich für Sie, dass Sie den Job wieder
haben."

„Dankeschön. Dann sehen wir uns demnächst öfter."
Rita zieht die Handtasche von der Stuhllehne und verabschiedet sich.

Beim Tischabräumen muss ich die Zähne zusammen-
beißen. Der Muskelkater garniert insbesondere die dafür erforderlichen Bewegungen mit brennendem
Schmerz. Schlimmer ist nur noch das Treppensteigen

und Abwischen der Tische. Das wäre bereits eine ausreichende Bestrafung für das gestrige über die Stränge schlagen in vielfacher Hinsicht, da ich aber weiß, dass der Schmerzgipfel erst zwei Tage später erklommen wird, steht mir morgen noch etwas bevor.

Kaum trete ich, weiterhin mit verspanntem Kiefer und Tablett auf dem Arm, den Rückweg zur Theke an, kündet das Glöckchen vom Eintreffen eines Gastes.

„Hallo Bruce!", ruft Terry in Richtung Eingang, der sich in meinem Rücken befindet.

Ich stelle das Tablett hinter dem Tresen ab, fahre herum und sehe Bruce dabei zu, wie er die letzten Schritte auf die Theke zumacht, um dann auf einem der Hocker Platz zu nehmen. „Nicht viel los heute", kommentiert er, während er den Blick durch den leeren Gastraum schweifen lässt.

„Diese Tage sind inzwischen selten, aber es gibt sie noch", entgegne ich und füge nicht hinzu, dass sie mich stressen. Dass ich stets glaube, wir fielen in Anfangszeiten zurück, in denen wir kaum Gäste und Einnahmen verzeichneten.

„Trifft sich ganz gut, dann können wir ungestört reden." Terry tritt neben mich.

„Gut. Dir ist noch etwas eingefallen?" Bruce holt den Notizblock aus der Hemdtasche.

„Genau. Es betrifft das Ende unserer Wohnungsbesichtigung gestern."

„Ist uns in der ganzen Aufregung entfallen", beeilt Terry sich hinzuzufügen.

Ich reiche Bruce das Papier.

„Was ist das?" Bruce nimmt den Zettel in die Hand und überfliegt die Zeilen. „Ein Brief?"

„Rebecca hatte zwei Liebschaften“, entgegne ich.

„Von denen wir wissen.“ Terry geht zur Kaffeemaschine. „Espresso, Bruce?“

Bruce nickt.

„Einen davon haben wir gestern getroffen, als wir Rebeccas Wohnung verließen. Laut Sandy lag kurz vor Rebeccas Tod ein Blumenstrauß vor ihrer Tür. Sicherlich stammt der von einem der beiden.“

„Will.“ Bruce sieht auf den Zettel. „An den Rosenstrauß erinnere ich mich.“

„Sandy sprach von einer weiteren Affäre mit einem Troy.“ Ich nehme Terry die Espressotasse ab und reiche sie Bruce.

„Wir sind noch dabei, das zu überprüfen.“ Bruce trinkt vom Espresso.

„Könnte einer der beiden etwas mit der Sache zu tun haben?“, fragt Terry.

„Aber warum sollte dieser Will dann an Rebeccas Wohnung auftauchen? Würde er sich nicht davon machen?“ Ich sehe Bruce an.

„Nicht selten kehrt ein Täter an den Tatort zurück, vor allem, wenn er so vorgeht.“ Bruce nimmt den letzten Schluck seines Espressos.

„So vorgeht?“, frage ich.

„Jemanden zu vergiften ist komplizierter, als ihn zu erschießen oder zu erstechen. Man muss kontrollieren, ob es geklappt hat“, sagt Terry.

„Er wusste nichts von Rebeccas Tod. Das erkennt man am Schreiben.“ Ich deute auf den Brief. „Würde man sich nicht informieren, bevor man an der Wohnung auftaucht? Der Fall war doch sicherlich in der Presse?“, wende ich mich an Bruce.

„Anonym natürlich. Aber ja, was die Presse anbelangt. Ich halte es ebenfalls für unwahrscheinlich, dass dieser", Bruce betrachtet den Brief, „Will unangemeldet auftauchen würde, wäre er für den Tod verantwortlich."

„Was ist mit diesem Salvatore?", fragt Terry.

Bruce seufzt. „Schmieriger Typ. Zum Glück seid ihr nicht dauerhaft in dessen Fängen gelandet. In der Tat rekrutiert der Kerl arme Seelen für den Straßenstrich."

„War Rebecca denn derart für ihn tätig?" Keine Ahnung, wie ich das besser ausdrücken soll. Bei der Vorstellung, für einen Typ wie Salvatore anschaffen gehen zu müssen, dreht sich mir der Magen um.

„Er sagt nein, zeigt sich aber insgesamt nicht besonders kooperativ. Muss ihm alles aus der Nase ziehen."

„Und warum hatte sie dann die Speisekarte mit diesem Code?" Terry verschränkt die Arme vor der Brust.

„Er sagt, dass sie sich schon länger kennen und das einfach Gerichte waren, die sie gerne aß", antwortet Bruce.

„Wer's glaubt." Ich schnaube.

„Ich kann mir gut vorstellen, dass an eurer Theorie etwas dran ist, und wir werden das auch weiter untersuchen. Das wird aber dauern, denn Typen wie die beiden, so schmierig sie auch sein mögen, sind verschlagen und meist gut organisiert. Es braucht Zeit, hinter die Strukturen zu schauen und die Machenschaften aufzudecken." Bruce schaut in seine leere Tasse.

„Noch einen?", frage ich grinsend.

„Nur wenn es nicht zu viel Arbeit macht."

„Für dich immer gerne." Ich gehe zur Kaffeemaschine und widme mich der Zubereitung.

„Was ist mit dem Gift? Gibt es da bereits Neuigkeiten?", fragt Terry.

Bruce schüttelt den Kopf. „Ist nicht einfach, wenn man nicht weiß, wonach zu suchen ist. Das Labor hat bereits einiges durch, aber bislang ohne Erfolg."

„Wieso geht ihr eigentlich von einer Vergiftung aus?" Ich kehre mit der vollen Espressotasse zurück, die ich vor Bruce abstelle.

„Die Ärzte sagen, dass es angesichts des Verlaufs und der Symptome die plausibelste Erklärung ist. Eine gesunde Frau mittleren Alters, ohne Vorerkrankung, die in die Bewusstlosigkeit fällt und dann an Herz-Kreislauf-Versagen stirbt, ohne dass ein offensichtlicher Auslöser zu erkennen ist, da bleiben nicht viele Möglichkeiten."

„Hört sich womöglich komisch an, aber irgendwie passt eine solche Methode nicht zu diesem Salvatore." Terry und Bruce sehen mich fragend an. „Womöglich ist der Einfluss entsprechender Serien und Filme zu groß, aber gehen Mafiosi-Typen nicht anders vor? Hätten Rebecca erschossen oder in der Themse versenkt?"

Bruce kippt seinen Espresso runter. „Wir müssen alle Möglichkeiten in Betracht ziehen. Ich muss wieder los. Ihr meldet euch, wenn ihr etwas erfahrt?"

„Hätte ich fast vergessen." Ich werfe einen Blick an Bruce vorbei, da eine Gruppe aus vier Gästen das Café betreten hat.

„Die übernehme ich." Terry geht los.

Ich neige mich Bruce zu, um leiser sprechen zu können. „Rita war hier. Die Kollegin Rebeccas. Sie hat nicht nur ihren Job wieder, sondern auch von Rebecca erzählt. Die setzte wohl gerne ihre weiblichen Reize ein, um das zu bekommen, was sie wollte."

„Das bedeutet?"

„Rita sagt, dass sie dies auch bei ihrem Chef Mr Barns gemacht habe und der vor einigen Wochen im Pausenraum höchstwahrscheinlich eine Annäherung wagte, womit Rebecca ihn fortan erpresst habe."

„Das ist wichtig zu wissen, bevor ich gleich mit dem Herrn spreche. Vielen Dank." Bruce erhebt sich und zögert einen Augenblick. „Es gefällt mir, dass ihr euch direkt gemeldet habt. Zeigt mir, dass unser Gespräch etwas bewirkt hat."

„Hat es. Nochmal, es tut uns beiden wirklich leid. Irgendwie können wir nicht widerstehen, wenn wir von einem Kriminalfall Wind bekommen. Wir hätten Polizistinnen werden sollen." Ich lache.

Bruce grinst. „Als Informationsgeber macht ihr euch nicht schlecht. Ich sag dir was, wenn ihr dafür keine illegalen Aktionen betreibt und vor allem niemanden in Gefahr bringt, dürft ihr gerne weiterhin Augen und Ohren offen halten. Ich möchte dann nur informiert werden."

„Einverstanden." Mir fällt etwas ein. „Was ist eigentlich mit Sandy. Rebeccas Nachbarin?"

„Ich rief sie gestern nach unserem Gespräch an. Natürlich unter einem Vorwand. Es geht ihr gut. Sie erzählte, dass ihr bei ihr wart und sie sich nicht mehr an das Ende des Gespräches erinnern könne, was sie seltsam fand. Ich versicherte ihr, dass sie sich keine Sorgen zu machen braucht, weil ihr anständig seid. Ich hoffe, damit ist die Angelegenheit geregelt."

„Also bekommen wir keinen Ärger?"

Bruce' Gesichtsausdruck wird ernst. „Abschließend konnte ich mich noch nicht zu einer Entscheidung durchringen. Aber ihr habt etwas herausgefunden, was mir entgangen ist, das steht auf der Habenseite. Außerdem mag ich euch, besonders dich." Bei den letzten Worten wirkt sein Blick intensiver. „Hört auf mit den Dummheiten, und haltet mich auf dem Laufenden."

Kapitel 19

Den Blick erwidere ich mit einem knappen Nicken und ignoriere das Grinsen Tylers.

Heute ist mir nicht nach flirten.

Meine Ablehnung ist anziehend für Tyler, der nach Möglichkeiten sucht, sich mir zu nähern. Er räumt Hanteln und Gewichtsscheiben auf die dafür vorgesehenen Ständer und sucht im Spiegel mit mir Blickkontakt.

Dieses Training lasse ich mit nur halbem Gewicht vorsichtig angehen, schließlich ist der schlimmste Muskelkater erst wenige Tage vorüber.

Unter der Dusche registriere ich dankbar, dass der Sport den verbliebenen Muskelkater sogar gebessert hat. Dehne die Muskeln, während das warme Wasser auf meinen Körper prasselt.

Beim Verlassen des Fitnessstudios erfasst mich ein Hochgefühl, wie es mich lange nicht mehr ergriffen hat. Ich summe eine Melodie vor mich hin und beschließe, den Rückweg zu Fuß und nicht mit der Tube zurückzulegen.

Ich merke erst spät, dass mich der Weg durch Brixton führt, den Stadtteil, in dem Terry und ich das unheilvolle Zusammentreffen mit Salvatore hatten. Ob ich ihn herbeigedacht habe? Auf der anderen Straßenseite sehe ich eine Frau in Kleidung, die nicht nach regulärer

Abendgarderobe, sondern eher Stripperstange aussieht, mit einem Typ sprechen, der dem Mafioso ähnelt. Körpersprache und Wortfetzen, die herüberschallen, lassen kein freundschaftliches Gespräch vermuten.

Vorsichtig nähere ich mich. Mein Verdacht bestätigt sich: Es ist Salvatore, der den Arm der jungen Frau umklammert und wütender wird. Als er mit der anderen Hand ausholt, handele ich, ohne darüber nachzudenken.

„Hey Arschloch!", rufe ich, hole mit der vollgepackten Sporttasche aus, um sie Salvatore, der mir auf den Ausruf hin sein Gesicht zuwendet, in eben jenes zu schleudern.

Salvatore gibt einen Laut von sich, der mich an einen winselnden Hund erinnert und löst den Krallengriff vom Arm des Mädchens.

„Los jetzt!", rufe ich ihr zu, und sie folgt der Aufforderung. Wir rennen los. Im Laufen hole ich mein Handy aus der Tasche, aktiviere den Sprachassistenten, den ich anweise, Bruce anzurufen.

„Linn? Was ist los?", tönt es aus dem Lautsprecher meines Smartphones.

„Es tut mir leid, aber du musst mich nochmal retten. Es ging nicht anders", hechele ich in das Telefon.

„Wo bist Du?"

Ich sehe die unbekannte Mitflüchtende fragend an. Sie hat die Führung übernommen, da ich weder weiß, wo genau ich bin, noch wohin wir fliehen könnten.

„Brockwell Park", ruft sie, und ich wiederhole das für Bruce, versichere ihm aber, den Standort zu senden, wenn wir ein Versteck gefunden haben.

Glücklicherweise verfügt Salvatore über geringe Ausdauer, so dass wir den Abstand zu ihm vergrößern können. Sobald wir den Park erreicht haben, fühle ich mich sicherer. Hier sind viele Menschen, die auf den Bänken und Wiesen sitzen oder im Park spazieren gehen. Ich kann mir nicht vorstellen, dass Salvatore uns an einem öffentlichen Platz angreifen wird.

Sicher kann ich nicht sein und fühle mich daher noch besser, als ich Bruce den Standort geschickt habe und von ihm einen Rückruf erhalte, dass er bereits auf dem Weg sei.

„Vielen Dank", sagt das Mädchen, und mir wird bewusst, dass wir zum ersten Mal seit dem seltsamen Zusammentreffen miteinander sprechen.

„Es kommt gleich Hilfe." Ich ringe mir ein Lächeln ab.

„Wer ist dieser Bruce?"

„Ein Freund. Detective Chief Inspector."

Das Mädchen vergrößert den Abstand. „Ein Bulle? Auf keinen Fall!"

„Warte!" Ich hebe beschwichtigend die Hände. „Wenn du jetzt abhaust, wird Salvatore dich früher oder später finden, und ich will nicht wissen, was er dann mit dir macht."

Das Mädchen sieht mich prüfend an.

„Bruce kannst du vertrauen. Er wird dich beschützen. Ich kenne ihn schon einige Zeit, und er hat mir aus vielen misslichen Situationen geholfen." Ich strecke ihr die Hand entgegen. „Ich bin übrigens Linn."

Das Mädchen zögert, und ich vermute, dass diese Vorstellung zu förmlich geraten ist. Doch dann ergreift sie meine Hand. „Carrie."

„Freut mich." Ich lasse einen Augenblick verstreichen, damit es sich für Carrie nicht anfühlt wie ein Verhör. „Was war da los?"

Carrie presst die Lippen zusammen und blickt zu Boden.

„Sicherlich hast du einiges durchgemacht. Aber ich will dir helfen." Ich hoffe, dadurch ihr Vertrauen gewinnen zu können.

„Mache das erst seit zwei Wochen." Carrie schluckt.

Ich öffne die Sporttasche, krame kurz darin und hole dann meine Trinkflasche heraus, die ich ihr reiche.

„Danke." Carrie trinkt einige Schlucke. „So eine Scheiße. Als die Frau zu uns kam – die war irgendwie strange. Aber auf der Straße leben ist echt beschissen."

Ich beiße die Zähne zusammen, obwohl mir unzählige Fragen in den Kopf schießen. Es ist besser, sie sprechen zu lassen.

„Von Anschaffen war nicht die Rede. Die Männer nur begleiten. Escortservice." Sie stößt ein humorloses Lachen aus.

„Diese Frau, weißt du, wer sie war?"

Carrie schüttelt den Kopf. „Plötzlich war sie da. An einem unserer Plätze. Bin eigentlich lieber für mich, aber ist sicherer, wenn man in 'ner Gruppe ist."

Die Dimension dieser wenigen Worte zerreißt mir fast das Herz. Ich versuche zu schätzen, wie alt Carrie ist. Anfang zwanzig? Gerne würde ich sie fragen, warum sie auf der Straße lebt, fürchte jedoch, sie damit zu verschrecken.

„Es war schräg. Sie ging herum und verteilte Parfumflaschen."

Ich halte die Luft an und reiße die Augen auf. „Was verteilte sie?"

Carries Augen verengen sich, und ihr Körper spannt sich an. „Kennst du die?"

„Nein!" So würde das jemand sagen, der etwas zu verbergen hat, denke ich und füge daher an: „Ich habe womöglich eine Idee, wer diese Frau sein könnte. Kenne sie jedoch nicht persönlich und habe auch ansonsten nichts mit ihr zu tun."

Die Anspannung weicht nicht von Carrie, und sie sieht mich weiterhin zweifelnd an.

„Ich hatte auch Stress mit Salvatore. Gestern erst."

„Echt? Solltest du auch anschaffen?"

„Ich denke schon. Auch wenn ich aus einem völlig anderen Grund dort war."

Carrie runzelt die Stirn. „Und aus welchem?"

„Wenn es sich bei der Frau, die dich zu Salvatore schickte, um die handelt, die ich meine, wurde sie ermordet."

Jetzt ist es Carrie, die die Augen aufreißt. „Scheiße! Echt jetzt?"

„Deshalb ist das, was du weißt, extrem wichtig. Ich vermute, dass Salvatore seine Finger im Spiel hat."

Carrie ballt die Hände zu Fäusten. „Würde mich nicht wundern. Der ist 'ne ganz miese Ratte."

Mein Handy klingelt, und ich nehme den Anruf entgegen. Es ist Bruce. „Linn, wir sind gleich bei euch. Seid ihr noch an der Stelle, und geht es euch gut?"

„Sind wir, und bislang hat Salvatore uns auch nicht entdeckt."

„Sehr gut. Dann rührt euch nicht von der Stelle."

Carrie sieht mich fragend an.

„Das war Bruce. Er ist gleich hier.“ Ich stecke das Handy in die Hosentasche. „Wie lief das ab mit Rebecca, der Frau, die dich zu Salvatore schickte?“

„Die drückte mir eine Parfumflasche in die Hand. Ob ich regelmäßig Geld verdienen will, hat sie gefragt. Dann kann ich mir schöne Sachen und eine Wohnung leisten. War strange, aber auch verlockend.“ Carrie spuckt auf den Boden. „Sie hatte ’ne Speisekarte von der Pizzeria dabei. Eine bestimmte Bestellung aufgeben und nach Salvatore fragen, schon wäre ich dabei.“ Sie spuckt ein weiteres Mal aus. „Hätte ich nur gewusst, was für eine Scheiße da auf mich zukam.“

„Was für einen Eindruck machte sie auf dich?“

„Schiss hatte die. Das war klar.“

„Hey Linn. Ich bin froh, dass es euch gut geht“, erschallt es von der Seite, und ich sehe Bruce auf uns zukommen. Leider ist er nicht allein, sondern hat Lindsey im Schlepptau.

„Das sind Bruce und Lindsey“, sage ich zu Carrie. „Du kannst ihnen wirklich vertrauen. Sie werden dir helfen.“

Carries Gesichtsausdruck verrät, dass sie nicht überzeugt ist.

„Soll ich bei dir bleiben?“, frage ich sie.

Carrie nickt.

„Okay.“ Ich lege ihr eine Hand auf die Schulter, und wir folgen Bruce und Lindsey, die vorausgehen.

Kapitel 20

Was geht es mir doch gut! Dieser Gedanke kreist unablässig durch mein Hirn, während Carrie ihre Erlebnisse schildert. Vor vier Jahren, mit gerade mal sechzehn, rannte sie von zu Hause fort, da sie es bei ihren Eltern, beide Alkoholiker und gewaltbereit, nicht mehr ausgehalten habe. Danach folgten Aufenthalte in verschiedenen Heimen und bei Pflegeeltern, aber sie habe sich niemals irgendwo zu Hause gefühlt.

Kurz bevor sie achtzehn wurde, sei sie dann erneut aus einem Heim weggelaufen und lebe seitdem auf der Straße. Sie schlage sich durch, bis sie von Rebecca für Salvatore und seinen Straßenstrich vor zwei Wochen rekrutiert wurde.

„Was geschieht jetzt mit ihr?", frage ich Bruce in dessen Büro, wo wir nach Carries Erzählung alleine sind.

„Wir werden sie hierbehalten, bis wir diesen Salvatore geschnappt haben, damit sie sicher ist. Mit Carries Aussage sollten wir ausreichend Material für eine Anklage haben."

„Danke."

„Nichts zu danken, Linn. Ich bin froh, dass du dich gleich gemeldet hast. Wer weiß, was der Kerl sonst mit euch angestellt hätte. Außerdem kannst du stolz auf dich sein. Eine solche Zivilcourage erleben wir selten. Die meisten wären einfach weiter gegangen."

„Ich hatte Sorge, dass er ihr etwas antut, sie verletzt. Ich hatte das Gefühl, gleich handeln zu müssen."

„Und da ich weiß, dass du damit richtig liegst, halte ich dir auch keine Standpauke über die Gefährlichkeit deiner Aktion." Bruce zwinkert mir zu. „Du hast dich verändert in den letzten Wochen."

„Findest du?"

Er lächelt und nickt. „Dass du eine besondere Frau bist, erkannte ich bereits, als wir uns zum ersten Mal trafen, aber es hat wohl Zeit gebraucht, bis das zu auch zu dir durchdringt." Er ergreift meine Hände, die auf dem Schreibtisch liegen. „Wir hatten einen seltsamen Start, was vor allem an mir liegt. Meine Signale waren wohl nicht eindeutig."

Hitze flutet meinen Körper. „Signale?", krächze ich.

„Ja, Linn. Du faszinierst mich, von Anfang an. Ich wollte und will dir nahe sein." Er stößt ein nervöses Lachen aus. „Womöglich würde man es nicht glauben, aber ich bin unsicher in Liebesdingen, habe Schwierigkeiten, meine Gefühle zu zeigen."

Das macht mich sprachlos.

Erneut das nervöse Lachen. „Dachte ich mir."

„Du wirkst immer so selbstsicher."

„Der Inspector ja. Meine berufliche Rolle beherrsche ich, und natürlich ist sie ebenfalls eine Facette von mir, der private Bruce aber ist anders."

„Tut mir leid."

„Was?"

„Es tut mir leid, dass ich ebenfalls nicht in der Lage war, das zu erkennen. Dass ich nicht hinter das gute Aussehen, den Inspector geblickt habe."

Bruce betrachtet seine Hände, die immer noch meine halten. „Du warst ebenfalls unsicher." Er sieht mich an. „Umso mehr freut es mich, dass du selbstsicherer wirkst."

„Du hast recht. In den letzten Wochen hat sich einiges verändert in meinem Leben. Anfangs hatte ich Angst und habe versucht, mich an meinem alten Selbst festzuklammern."

„Kenne ich. Wenn sich alles verändert, ist das meist ängstigend."

„Aber ebenso eine Chance."

„Stimmt." Bruce beugt sich über den Schreibtisch zu mir herüber.

Mein erster Impuls ist, das zu erwarten und zu empfangen, was ich mir schon seit Wochen herbeisehne. Seit er erstmalig unser Café betrat. Doch bevor seine Lippen, die meinen berühren, ziehe ich den Kopf zurück. „Ich kann nicht. Sorry."

Bruce zuckt ebenfalls zurück, seine Hände geben meine frei. „Ich wollte nicht …", murmelt er.

„Es liegt nicht an dir oder daran, dass ich dich nicht will, nicht wollte. Seit wir uns zum ersten Mal sahen, denke ich daran. Habe mir das herbeigesehnt." Ich schlucke. „Aber noch mehr hat sich geändert. Es gibt jetzt jemanden in meinem Leben."

Bruce starrt auf die Tischplatte. „Dieser Mann neulich im Café?"

„Er heißt Conor, und wir haben erst begonnen, uns kennenzulernen."

„Verstehe."

Ich seufze. „Wir haben ein beschissenes Timing. Erst vor einer Woche traf ich Conor."

Bruce schiebt die Unterlippe vor. „Manche Dinge sollen nicht sein."

„Womöglich."

Schweigend betrachtet jeder seine Hände, unschlüssig, wie diese seltsame Situation aufgelöst werden kann.

„Und wenn wir versuchen, Freunde zu sein?", frage ich und erkenne sogleich die Schwierigkeiten dieses Unterfangens.

„Okay." Bruce' Blick ist kaum zu ertragen: Enttäuschung und auch das Wissen, dass eine Freundschaft wenig Chancen hat, im harten Erdreich zurückgewiesener Liebe, Wurzeln zu schlagen.

Ich verabschiede mich mit einem Tornado aus widerstreitenden Gefühlen, der in meinem Innern tobt.

Kapitel 21

„Wenn ich herausfinde, dass du schon wieder eine andere hast, wirst du das bereuen, Will."

Vom Tisch, den ich gerade abwische, sehe ich auf und in das Gesicht der Schlange, die das Handy noch in der Hand hält, in das sie den soeben erklungenen Satz sprach, um sich nach einem freien Tisch umzuschauen. Wie eine Stimmgabel, die in Schwingung versetzt wird, wird eine Erinnerung in mir angeschlagen. Etwas, das ich gehört habe. Ich wühle mich durch mein Gedächtnis, doch wie mit einem Wort, das einem auf der Zunge liegt, sich aber des bewussten Zugriffs entzieht, komme ich nicht darauf.

„Was darf's denn sein? Kalorienreicher Kuchen und Cappuccino?", frage ich die Schlange.

„Exakt."

Auf halbem Weg zum Tresen kehre ich zum Tisch der Schlange zurück. Womöglich haben die letzten Tage mich tollkühn werden lassen, doch ich sage mir, dass sie schlimmstenfalls gehen könnte, worüber ich nicht traurig wäre. Und so positioniere ich mich vor ihr und frage: „Ärger mit Ihrem Mann?"

Die Schlange sieht mich überrascht an.

„Ich habe auch ständig Probleme mit meinem Kerl. Der steigt allem hinterher, was lange Beine hat und einen kurzen Rock trägt." Ich rolle übertrieben mit den Augen.

„Willkommen im Club", kommentiert die Schlange.

Plötzlich stellt mein Gehirn die Verbindung her, nach der ich gesucht habe, und ich weiß wieder, wo ich den Namen „Will" schon einmal hörte. Obwohl mir bewusst ist, dass es ein Allerweltsname ist. „Es gibt Frauen, die legen es regelrecht darauf an, Männer zu verführen. Sogar die Verheirateten."

Die Schlange nickt eifrig.

„Ich bin gleich zurück." Ich verlasse sie und überlege, wie ich das Gespräch auf Rebecca bringen könnte, um zu erfahren, ob ihr Will auch der ist, der eine Affäre mit der Toten hatte.

Das Café füllt sich, und der Gedanke an die Schlange und ihren umtriebigen Ehemann gerät aus meinem Fokus. Erst als Feierabend ist, fällt sie mir wieder ein und auch, dass ich Terry noch von meinem gestrigen Abenteuer erzählen muss. „Du glaubst nicht, wem ich gestern über den Weg gelaufen bin", beginne ich.

„Da du ins Fitnessstudio wolltest, tippe ich mal auf den gut bestückten Tyler?" Terry grinst.

„Dem ebenfalls, aber der hat mich nicht wirklich nachhaltig beschäftigt."

„Wenn es um einen Kerl geht, der dich nachhaltig beschäftigt hat, fällt mir nur einer ein. Und das ist nicht Conor."

Ich presse die Lippen zusammen. „Seit gestern weiß ich, dass Bruce mich auch will."

„Moment!" Terry hebt die Hand. „Du fängst jetzt ganz von vorne an und lässt nichts aus. Das scheint ja gestern ein Linn-Special gewesen zu sein."

Ich zucke mit den Schultern. „Irgendwie schon. Wenn der Einstieg auch adrenalingeladen war."

Terry zeigt mir den erhobenen Zeigefinger. „Miss Fleet. Was habe ich vorhin gesagt?"

Ich grinse, dann beginne ich, Terry vom gestrigen Tag zu erzählen. Dem Zusammentreffen mit Tyler, dessen Avancen, dem Weg nach Hause mit Sichtung Salvatores und Carries, unsere Flucht und ende mit dem Gespräch zwischen Bruce und mir.

„Mann!", entfährt es Terry. „Und da bist du so gut drauf?"

„Warum denn nicht? Dass gleich drei attraktive Männer auf mich stehen, ist doch der Wahnsinn, und Carrie ist in Sicherheit."

Terry drückt mich an sich. „Linny, ich bin so stolz auf dich. Nach unserem Gespräch vor ein paar Tagen hatte ich Bedenken, habe überlegt, wie es mit uns weitergeht. Aber immer mehr glaube ich, dass du das gebraucht hast. Du hast dich verändert und mir gefällt das."

„Danke. Das bedeutet mir viel." In diesem Augenblick zerbricht die letzte gläserne Sphäre, die zwischen uns lag, so dass wir nicht vollkommen zueinanderfinden konnten. Diese Umarmung hüllt mich nicht nur äußerlich ein, sie dringt auch wärmend in mich. Als wir sie lösen, lese ich in Terrys Augen, dass sie ebenso empfindet.

„Was geschieht jetzt mit Carrie? Und mit diesem fiesen Salvatore?", fragt Terry.

„Gute Frage. Bruce sagte, dass er Carrie zu ihrem Schutz in einem Frauenhaus unterbringt und nach Salvatore fahndet.“

„Immerhin gibt es jetzt zwei Personen, die seine krummen Machenschaften bezeugen können.“ Terry löst den Knoten der Schürze und zieht sie über den Kopf. „Wenn Rebecca tatsächlich für ihn anschaffen musste und aussteigen wollte, würde er sie dann umbringen?“

„Das habe ich mich ebenfalls gefragt, wobei mich nicht die Tatsache an sich wundert, sondern vielmehr die Art.“

Terry zieht die Brauen zusammen. „Was meinst du?“

„Würde er sie nicht eher kidnappen, um sie wieder auf den Strich schicken zu können? Und womöglich dabei umbringen, indem er sie schlägt?“ Bei der Vorstellung dreht sich mir der Magen um, doch Terry nickt langsam.

„Du hast recht. Angenommen, er ließ zu, dass sie geht, wollte dafür aber eine Geldsumme, die sie ihm bezahlt.“

„Oder dass sie weitere Mädchen rekrutiert. Carrie sagte, dass Rebecca ihr eine Speisekarte gab, wie wir sie in der Wohnung fanden. Und dieser Luigi hat von einer Kombination gesprochen. Deshalb war Salvatore gleich der Meinung, dass wir aus diesem Grund in der Pizzeria waren.“

„Mann!“ Terry reibt sich die Augen. „Das Ganze ist so übel. Ich fasse nicht, was in dieser Welt abgeht und das in unserer direkten Nachbarschaft.“

„Ich glaube auch nicht, dass mir die Szene so schnell aus dem Kopf geht. Vor allem, da ich mich die ganze

Zeit frage, was geschehen wäre, wäre ich Carrie nicht zur Hilfe geeilt."

„Sie kann wirklich froh sein, dass du da und dazu noch so mutig warst."

„Ich rufe Bruce mal an, um zu hören, wie es Carrie geht, und ob es Neuigkeiten zu Salvatore gibt."

Ich wähle Bruce' Kontakt und bin überrascht, dass er den Anruf bereits nach dem ersten Klingeln entgegennimmt. Als habe er darauf gewartet.

„Ich wollte ohnehin mit dir sprechen. Könntest du im Revier vorbeikommen?"

„Klar. Jetzt gleich?"

„Wenn das bei dir passt, gerne. Kann Terry mitkommen?"

„Ich gehe ohnehin davon aus, dass ihr euch austauscht. Von mir aus."

Kapitel 22

„Carrie ist dort gut aufgehoben und in Sicherheit."

„Da bin ich froh", entgegne ich auf Bruce' kurzen Bericht, er habe Carrie in einem Frauenhaus untergebracht.

„Hat Rebecca sie rekrutiert?", fragt Terry.

„Ich gehe davon aus. Die Beschreibung passt, und wenn man bedenkt, was euch geschehen ist." Bruce verschränkt die Hände auf der Tischplatte.

„Glaubst du, dass Salvatore Rebecca umgebracht hat?", frage ich.

„Unwahrscheinlich." Bruce nimmt ein Papier vom Schreibtisch. „Das Ergebnis der toxikologischen Blutuntersuchung des Opfers liegt endlich vor. Nachdem ihr ohnehin schon involviert seid und da die Informationen bald an die Öffentlichkeit gegeben werden, kann ich es euch mitteilen."

Aufregung macht sich kribbelnd in meiner Magengegend bemerkbar.

„Es ist ein seltenes Gift, das ‚Batrachotoxin'." Bruce grinst, als er in Terrys und mein Gesicht sieht, da darin wohl die großen Fragezeichen zu erkennen sind, die über unseren Köpfen schweben. „Keine Sorge, damit konnte ich zunächst auch nichts anfangen." Wieder verschränkt er die Finger auf dem Schreibtisch. „Wahrscheinlich habt ihr schon einmal vom Pfeilgiftfrosch gehört?"

Ich denke kurz darüber nach, und eine Erinnerung regt sich in meinem Kopf, die sich jedoch genauer Betrachtung entzieht.

„Der ist im kolumbianischen Regenwald heimisch. Regenwaldbewohner nutzen sein Gift. Wie der Name sagt, geben sie es auf Pfeile, die sie für die Jagd verwenden." Bruce wendet sich seinem PC zu und tippt ein Wort auf der Tastatur, bevor er uns den Bildschirm zudreht. „So sehen die aus. Eigentlich ganz hübsch, oder?"

Ich bin wie vom Donner gerührt. Plötzlich weiß ich, warum ich der Meinung war, dass so ein Frosch mir bekannt vorkommt, da ich ein solches Tier tatsächlich vor einigen Tagen sah. Nicht als reales Geschöpf, sondern als Foto. „Wie wurde sie vergiftet?", frage ich.

„Jetzt wird es tricky." Bruce dreht den Bildschirm zurück. „Das Gift muss in den Blutkreislauf gelangen. Eine geringe Dosis reicht bereits."

„Deshalb die Pfeile der Regenwaldbewohner", kommentiert Terry.

„Genau. Der Rechtsmediziner hat zwei kleine Wunden entdeckt. Eine an der Innenseite des Daumens, eine an der des Mittelfingers der rechten Hand." Bruce zeigt auf die entsprechenden Stellen seiner eigenen Hand.

„Sie hat etwas gegriffen, das sie dann stach." Ohne groß darüber nachzudenken, spreche ich den Satz aus.

Bruce nickt anerkennend. „Gut kombiniert."

Damit endet mein kombinatorischer Gedankengang nicht, da mir endlich bewusst wird, dass ich bereits alle

Mosaiksteinchen in Händen halte. Mir fehlte nur die Vorlage, um sie korrekt anordnen zu können. „Von einem Rosenstrauß.“

Bruce reißt die Augen auf. „Warum bin ich darauf nicht selbst gekommen? Grandios kombiniert, Linn.“

„Also war der Rosenstrauß, den Rebecca bekam, vergiftet?“, fragt Terry.

„Wenn man die Dornen mit dem Gift bestreicht und die entsprechend spitz sind, gleichen sie einer Pfeilspitze“, entgegne ich.

„Dann war es dieser Will?“ Terry runzelt die Stirn.

„Zunächst einmal müssen wir den Strauß untersuchen, um deine Hypothese zu bestätigen.“ Bruce verschränkt die Arme vor der Brust. „Aber ich bin mir sicher, dass Linn damit richtig liegt.“

„Ich glaube nicht, dass es dieser Will war.“ Ich schlage die Beine übereinander. „Er hätte kein Motiv. Insbesondere nicht, kurz darauf an der Wohnung aufzutauchen und nach Rebecca zu sehen. Außerdem hätte er dann nicht diesen Brief an sie geschrieben.“

„Stimmt, der Brief“, sagt Terry. „Was stand da nochmal drin?“

Bruce sucht in seinen Unterlagen. „Hier ist es: Hey Becca, ich war an deiner Wohnung und wollte dich treffen, aber du warst nicht da. Wir müssen dringend reden. Will.“

„Sandy sprach von Verehrern und dass mindestens zwei davon verheiratete Männer waren. Der eine ist besagter Troy, der andere ein Will.“ Ich hole Luft für die Fortsetzung meiner Beweisführung. „Ich glaube, dass Will der Mann der Schlange ist.“

Terry klappt der Kiefer nach unten. „Du meinst also?“

„Würdet ihr mich bitte aufklären?", meldet sich Bruce zu Wort.

„Sorry. Klar." Bruce kann mit der Schlange selbstverständlich nichts anfangen. „Eine Dame, die vor einigen Tagen zum ersten Mal in unser Café kam und zwischenzeitlich mehrfach zu Gast war. Sie ist jedes Mal am Telefon, wenn sie reinkommt und derart lautstark, dass man hinhören muss. Meist spricht sie mit ihrem Ehemann, der es wohl mit der Treue nicht so genau nimmt."

„Und der heißt Will?", fragt Bruce.

„Das weiß ich seit heute, da war sie nämlich erneut da."

„Kein seltener Name", gibt Bruce zu bedenken.

„Das ist mir klar, aber das ist nicht das Einzige, was sie verdächtig macht. Bei einem ihrer letzten Besuche ließ sie den Flyer für eine Börse für exotische Tiere auf dem Tisch liegen. Das ist mir eben wieder eingefallen, als du uns das Bild des Frosches gezeigt hast. Genau der war darauf nämlich abgebildet. Außerdem habe ich gesehen, wie sie in der Parfümerie verschwand."

„Wahrscheinlich wollte sie diejenige sehen, mit der ihr Mann sie betrügt, und landete dann bei uns", mutmaßt Terry.

„Das ist tatsächlich interessant." Bruce tippt sich mit dem Finger ans Kinn.

„Außerdem habe ich sie über die Bestellung eines Rosenstraußes sprechen hören, wobei sie darauf hinwies, dass der unbedingt scharfe Dornen haben müsse. Das fand ich von Anfang an seltsam."

Bruce beugt sich vor. „Okay, jetzt hast du mich. Hast du einen Namen?"

„Leider nein. Aber Terry und ich könnten dir eine Beschreibung geben, oder Terry?"

Ich ernte ein Nicken Terrys.

„Das ist zwar gut, aber besser wäre natürlich, wenn wir nicht erst nach ihr fanden müssten." Erneut tippt Bruce sich mit dem Finger ans Kinn, schaut dann mich an. „Ihr seid doch immer interessiert an Undercover-Missionen. Warum starten wir nicht mal eine, die von mir initiiert und koordiniert wird?"

Kapitel 23

Wann und ob die Schlange das nächste Mal im Café erscheinen wird, wissen wir nicht, aber Bruce will es zunächst versuchen, in der Hoffnung, dass ich ihr eine entscheidende Information entlocken kann. Einerseits ehrt mich das, andererseits bedeutet es Druck. Ständig schaue ich zur Tür, in der Hoffnung, die Schlange tritt ein und hoffe im gleichen Augenblick das Gegenteil, da ich mich der Aufgabe nicht gewachsen fühle.

Terry hat sich angeboten, das Gespräch zu übernehmen, aber wenn, bin ich diejenige, die eine Verbindung zur Schlange aufgebaut hat. Es ist meine Aufgabe, das ist mir bewusst.

Der Tag zieht an mir vorüber, oder ich stolpere unkonzentriert durch ihn durch. Am späten Nachmittag gehe ich mit gemischten Gefühlen davon aus, dass die Schlange heute nicht auftaucht.

„Schau mal", raunt Terry mir zu und deutet mit dem Kinn in Richtung Eingang.

Dass sie es ist, muss ich mir zunächst vor Augen führen, da sie heute beim Eintreten kein lautes Telefonat führt, sich stattdessen stumm einen Tisch sucht, während ihr Blick durch die Glasfront des Cafés mutmaßlich die Parfümerie in den Blick nimmt.

„Kuchen und Cappuccino?“ Ich bemühe mich um einen fröhlichen und beiläufigen Tonfall, obwohl mein Inneres Wellen schlägt.

Die Schlange nickt, und auf meinem Weg zur Theke überlege ich, was ihre veränderte Stimmungslage bedingt? Möglicherweise ein schlechtes Gewissen? Der Tod Rebeccas ist erst wenige Tage her, nicht unwahrscheinlich, dass sie erst jetzt davon erfahren hat.

Beim Servieren lege ich den Flyer der exotischen Tierbörse, der noch in meiner Schürzentasche war, auf den Tisch. „Den haben Sie bei einem Ihrer letzten Besuche hier vergessen.“ Ich betrachte die Schlange genau, um deren Reaktion zu erkennen.

Die Augen verengen sich für einen Augenblick, dann ergreift sie den Flyer, um ihn in ihrer Handtasche verschwinden zu lassen.

Das ist der Augenblick! „Ich habe Ihnen doch beim letzten Mal von meinem Freund erzählt? Ich habe stets das Gefühl, dass er mich hintergeht.“

Die Augen der Schlange finden die meinen, doch es ist unmöglich, zu ergründen, was sie gerade denkt.

„Er ist ganz vernarrt in exotische Tiere. Wie die, die bei solchen Veranstaltungen gehandelt werden.“ Ich deute auf die Handtasche, als wäre der Flyer dort noch sichtbar. „Womöglich haben Sie einen Tipp für mich?“

Nur dieser Blick, der mich fixiert und sich weiterhin meines Urteils entzieht.

„Wenn ich ihm so ein seltenes Tier besorgen könnte, das würde ihm sicherlich zeigen, wie wichtig er mir ist. Nach unserem letzten Gespräch bin ich mir sicher, dass Sie das verstehen können.“ Damit setze ich alles auf eine Karte. Die Worte sind raus und einzig mein Gesichtsausdruck kann die letzte Überzeugungsarbeit leisten. Obwohl ich mir sage, dass ich mein Möglichstes versucht habe, bleibt der schale Geschmack des Scheiterns.

Ich möchte etwas in der Art sagen, dass es nicht so wichtig sei und sie meine Worte vergessen soll, doch dann entgegnet die Schlange: „Ich kann Ihnen meinen Kontakt geben. Gerry. Der kann Ihnen sicherlich ein entsprechendes Angebot machen. Haben Sie einen Stift und Zettel für mich?"

„Klar." Ich reiße vom Bestellblock ein Blatt ab, das ich ihr mit Kuli reiche.

„Wie läuft es denn mit Ihnen und Ihrem Mann?", frage ich, als ich das Papier falte, um es in der Schürzentasche zu verstauen.

Ich ernte einen prüfenden Blick und erwarte eine Abfuhr, doch die Schlange lächelt mich an und sagt: „Will ist wieder ganz der Alte und unsere Liebe ebenfalls."

Gerne würde ich mich schütteln, kann den Wunsch jedoch unterdrücken. „Noch eine Bitte." Ich mache auf dem Absatz kehrt, nachdem ich im Begriff war, mich vom Tisch zu entfernen.

Die Schlange schaut auf.

„Sie kennen sich doch aus." Ein Lächeln huscht über mein Gesicht. „Sicherlich können Sie mir einen Blumenladen empfehlen? Mein Freund liebt Rosen, und ich möchte ihm einen besonders schönen Strauß überreichen." Innerlich klopfe ich mir auf die Schulter für diesen Columbo-Move. Gibt die Schlange mir jetzt auch noch die Kontaktdaten des Blumenhändlers, wo sie die

Rosen kaufte, die Rebecca zum Verhängnis wurden, wäre das ein Hattrick. Falls nicht, kein Beinbruch.

„Aber gerne." Sie streckt die Hand aus, und ich begreife.

Reiche ihr erneut Stift und Papier und freue mich, dass mein Kalkül mit der Bauchpinselung aufging.

„Sieht nach Erfolg aus?", empfängt Terry mich am Tresen.

Ich hole die Zettel aus der Schürzentasche und zwinkere ihr verschwörerisch zu. „Konntest du ein Foto machen?"

„Habe meinen Auftrag ebenfalls erledigt." Terry hält mir ihr Smartphone hin, dessen Display ein Foto der Schlange und mir im Gespräch zeigt.

Ich bereite Cappuccino zu und schneide vom Käsekuchen ein besonders großes Stück ab. Der bisherige Erfolg stachelt mich an, noch ein wenig mehr herauszuholen.

„Ein extragroßes Stück für unseren Stammgast." Das Glitzern in den Augen der Schlange registriere ich beim Servieren. Bingo! Man sollte niemals das Geltungsbedürfnis gewisser Menschen unterschätzen, sage ich mir.

„Vielen Dank!" Die Schlange gräbt sogleich die Gabel in den Kuchen, um ein großes Stück abzutrennen, das in ihrem Mund verschwindet.

„Sie wohnen wohl in der Gegend?" Das klingt beiläufig. Die anfängliche Unsicherheit ist Ehrgeiz gewichen.

„Das stimmt. Erst seit wenigen Wochen. Vorher wohnten wir nicht so zentral. Aber ich brauche Leben um mich herum."

„Das verstehe ich. Geht mir ebenso." Ich sortiere die Zuckertütchen auf dem Tisch, was überflüssig ist, um Zeit zu schinden. „Sie können zu Fuß herlaufen?"

Auf dem nächsten Bissen eifrig kauend, nickt die Schlange. „Nur ein paar Straßen. Ist quasi mein zweites Wohnzimmer."

Einen Augenblick überlege ich, ob ich noch einmal nachhaken soll, mir fällt aber kein Grund ein, unter Angabe dessen ich die Adresse erfragen könnte.

Als ich den Nachbartisch aufräume, habe ich eine Eingebung. Ich kehre zum Tisch der Schlange zurück, die bereits den Kuchen vertilgt hat. „Wir führen gerade einen Test durch, um herauszufinden, ob sich Lieferungen für uns lohnen."

„Eine tolle Idee!" Die Schlange trinkt von ihrem Cappuccino.

„Wenn Sie mir Ihre Adresse notieren, würden wir Ihnen eine Testlieferung zukommen lassen. Selbstverständlich gratis."

Erneut lag ich richtig mit meiner Einschätzung. Die Aussicht auf Gratiskuchen lässt die Schlange alle Fragen vergessen, und sie notiert mir ihre Anschrift.

„Das glaubst du nicht", flüstere ich Terry zu. „Wir haben ihre Adresse."

„Nicht dein Ernst!"

„Zu laut", zische ich und stoße Terry mit der Schulter.

„Das nenne ich eine Meisterleistung." Terry schürzt die Lippen.

Die Türglocke erklingt, und hinein spaziert Conor, der eine Ausgabe des London Telegraph in der Hand hält. „Da ist ja der Star", sagt er grinsend und schlägt die Zeitung auf. „Hier!"

„Wow!" Ich beuge mich über den Artikel, bemerke aber aus dem Augenwinkel eine Bewegung. Die Schlange ruft mich zu sich.

„Schon fertig?"

„Heute habe ich nicht viel Zeit. Ich treffe mich mit einer Freundin. Das ist sie, ich muss mal kurz rangehen." Sie nimmt den Anruf entgegen, während ich zum Tresen gehe, um die Rechnung zu drucken.

„Hast du noch einen Augenblick?", frage ich Conor.

„Klar, keine Eile."

Kurz überlege ich, ob wir uns zur Begrüßung nicht hätten küssen sollen? Unabhängig von Conors Person halte ich offen zur Schau gestellte Liebe, besonders am Arbeitsplatz, für schwierig. Aber ein kleiner Kuss? Jetzt ist es dafür definitiv zu spät, das steht außer Frage.

„Bei dem verlassenen Haus auf der Sherwood Street. Das kennst du nicht? Ich liebe das Gebäude, ist auch ein wunderbares Versteck." Die Schlange sieht mich nahen. „Du, ich muss Schluss machen. Dann halt in fünf Minuten am Golden Square, den musst du aber kennen." Sie legt auf, sieht mich an und sagt: „Meine Freundin Amelia. Man könnte meinen, sie lebt erst seit einer Woche in der Stadt und nicht bereits ein Jahr." Sie zahlt mit Karte und schwirrt zur Tür hinaus.

„Was war das denn für eine?", fragt Conor, wobei nur noch fehlt, dass er sich ungläubig die Augen reibt.

„Spezialkundin."

„Und die verdient sich das Geld für den Kuchen auf dem Weg hierher?"

Ich knuffe Conor in die Seite. „Ganz schön frech." Noch während ich das sage, denke ich an Carrie, und mein Lachen gefriert.

„Alles in Ordnung?" Conor sieht mich besorgt an.

„Alles gut." Ich wende mich Terry zu, die gerade mit einem Tablett voller schmutzigen Geschirrs angetrabt kommt. „Schau mal, das ist Conors Artikel über uns."

„Super! Lass mich kurz die Spülmaschine einräumen, dann schaue ich ihn mir gerne an."

Ich freue mich, dass der Beitrag auch Terry gefällt, und Conor verabschiedet sich von mir ohne Kuss, aber dafür mit dem Versprechen, mich morgen anzurufen.

„Was ist jetzt zwischen euch?", fragt Terry.

„Schwer zu sagen. Feurige Leidenschaft ist was anderes."

„Muss nicht zwangsläufig verkehrt sein."

„Hmm. Wahrscheinlich hat ihn meine Reaktion irritiert. Ich war nicht wirklich herzlich. Weder bei seiner Ankunft noch der Verabschiedung."

„Finde ich nicht schlimm. Schließlich seid ihr noch in der Findungsphase, und da sollte man sich so verhalten, wie es sich richtig anfühlt."

Gemeinsam räumen wir die Spülmaschine aus, als mir etwas einfällt. „Ich muss Bruce anrufen und ihm von meinen Ermittlungen berichten."

„Stimmt, Frau Detektivin. Dann mach das mal, ich räume in der Zeit weiter auf."

Ich wähle Bruce' Kontakt und unterrichte ihn nach kurzer Begrüßung über das Ergebnis.

„Sehr gute Arbeit, Linn. Ich bin stolz auf dich. Und ich hoffe, du siehst, dass eine Zusammenarbeit von uns sinnvoller ist."

„Auf jeden Fall ist es entspannter."
„Und sicherer."

Wir lachen, und ich ertappe mich beim Bedauern darüber, dass Bruce nicht hier ist.

„Wie geht es jetzt weiter?“

„Ich werde zunächst den Blumenladen und diesen Kontakt der Tierbörse überprüfen, um etwas in Erfahrung zu bringen.“

„Ich hoffe, du bekommst was raus. Jemand, der mit solchen Tieren handelt, ist mir suspekt.“

„Und begeht zudem eine Straftat. Ganz abgesehen von dem hochgefährlichen Gift, das vom Frosch gewonnen wird.“ Ein Rascheln ertönt, als würde er Papiere ordnen. „Ich habe einen Kontakt beim Zoll. Für die Jungs dort ist das ihr täglich Brot. Vielleicht haben die diesen Kerl ohnehin schon auf dem Schirm. Oft bringt man die Leute zum Reden, wenn man mit der Kenntnis weiterer Straftaten Druck ausübt.“

„Verstehe.“ Ich pflücke einen Fusel von meiner Schürze. „Was ist eigentlich mit Salvatore und Carrie?“

„Erstgenannter ist mittlerweile in Haft. Und Letztere im Frauenhaus, wobei wir sie bewachen, keine Sorge. Sie ist eine wichtige Zeugin, und ich bin zuversichtlich, dass wir mit ihrer Hilfe Salvatore für längere Zeit hinter Gitter bringen können.“

„Das wäre toll.“

„Dank dir.“

Eine Pause entsteht, während ich Sätze in meinem Kopf hervorkrame, betrachte und das Aussprechen verwerfe.

„Ich halte dich auf dem Laufenden“, sagt Bruce schließlich.

„Danke.“

„Linn?“

„Ja?“

„Sei vorsichtig. Und keine eigenen Ermittlungen. Vertrau darauf, dass ich mich um die Sache kümmern werde.“

Kapitel 24

„Hey! Alles gut bei dir?“ Conor hält Wort und ruft am nächsten Tag an.

„Ein bisschen müde.“

„Anstrengende Woche?“

Mir liegt auf der Zunge, ihm von Salvatore und Terrys und meiner Flucht zu erzählen und meiner zweiten mit Carrie, doch etwas sperrt sich. Möchte ich ihn aus diesem Teil meines Lebens heraushalten? Oder fürchte ich nur, dass er sich Sorgen macht?

„Das kannst du wohl laut sagen. Aber morgen ist Sonntag und wir öffnen erst ein bisschen später. “

„Das hatte ich auch so im Kopf und hatte deshalb eine Idee.“ Conor räuspert sich. „Wobei ich mir jetzt überlege, ob ich dich nicht eher ausruhen lassen sollte?“

„Jetzt rück schon raus damit.“

„Ich dachte an ein Picknick im Hyde Park.“

„Dabei kann ich mich ja ausruhen.“ Ich lache, und Conor stimmt ein.

„Ich zwinge dir auch kein Gespräch auf, falls du nicht willst.“

„Das schaffe ich schon noch.“

„Sie haben einen untrüglichen Sinn für Romantik, Miss Fleet.“

„Für den bin ich bekannt und gefürchtet." Erneut lachen wir. Wie gut es tut, mit Conor unverkrampft herumzualbern, oder sehe ich die Sache zu locker?

Wir verabreden uns für zehn Uhr am Vormittag im Park, und ich verspreche, Kuchen mitzubringen. Mohnkuchen, den hat Conor besonders gern.

Als ich die Küche betrete, sitzen Shaun, Randall und Terry am Tisch. Ungläubig starre ich die drei an. „Das glaube ich nicht!"

Shaun grinst. „Was denn?"

„Na, dass meine gesamte WG hier versammelt ist. Haben euch eure Frauen und Männer rausgeworfen?"

„Gaby war gestern zu einem Junggesellinnenabschied eingeladen." Randall gähnt.

„Und Philipp hat sich mit Freunden getroffen."

„Was ist mit Aron?", frage ich Shaun.

„Seine Eltern sind in der Stadt." Shaun verschränkt die Arme vor der Brust.

„Und da gibt es keine Vorstellungsrunde?" Ich lege einen Teebeutel in meine Tasse und schalte den Wasserkocher ein.

„Er wollte schon, aber ich hab gesagt, ich hätte keine Zeit."

„Warum?"

Shaun seufzt. „Weil er, wenn ich seine Eltern kennenlerne, erwartet, auch meinen vorgestellt zu werden."

„Wo liegt das Problem?" Randall runzelt die Stirn, und ich kämpfe den ersten Impuls nieder, ihn ob seiner plumpen Art zu maßregeln. Er denkt gar nicht darüber nach, dass Shauns Schwulsein für dessen Eltern ein Problem darstellen könnte, was ihn unglaublich sympathisch macht.

„Meine Eltern wissen nichts von Aron. Sie wissen nicht, dass ich schwul oder bi oder was auch immer bin.“

„Ah!“, macht Randall, wirkt dennoch nicht so, als hätte er es vollumfänglich verstanden.

„Leider hat Aron keine Ahnung davon.“ Shauns Blick fixiert die Tasse auf dem Tisch vor ihm.

„Dass deine Eltern nicht Bescheid wissen, oder dass du schwul bist?“ Terry stößt ein Lachen aus und legt den Arm um Shaun, als der sie traurig anschaut. „Sorry. Wollte nicht unsensibel sein. Dachte, ich kann damit die Stimmung ein wenig entschärfen.“

„Leider kein Thema, über das ich lachen kann.“ Shaun presst die Lippen zusammen.

„Wenn du möchtest und es dir hilft, begleite ich dich.“ Shaun sieht mich stirnrunzelnd an.

„Zu dem Gespräch mit deinen Eltern.“ Ich gieße heißes Wasser in meine Tasse, greife sie am Henkel und setze mich auf den freien Stuhl. „Wann auch immer du dich bereit dazu fühlst.“

„Das ist echt lieb von dir. Da komme ich gerne drauf zurück.“ Es tut gut zu sehen, dass ein flüchtiges Lächeln über Shauns Lippen huscht.

Wir unterhalten uns noch ein wenig über Partner und das WG-Leben, so dass Terry und ich fast zu spät Richtung Café aufbrechen. Vor der Tür erwarten uns zwei rüstige Rentnerpaare, die in ein angeregtes Gespräch vertieft sind und sich freuen, das im Innern bei Kaffee und Kuchen fortsetzen zu können.

Obwohl der Tag einem schlichten Rührkuchen gleicht: Bekömmlich, jedoch ohne Geschmacksexplosion, ist meine Aufmerksamkeit gespannt wie eine Gitarrensaite. Was erwarte ich?

Als zum Feierabend die Tür aufgerissen wird und ein entgeistert dreinblickender Bruce hineinstürmt, ist es wohl an der Zeit, mir hellsichtige Fähigkeiten zuzuschreiben.

„Was ist los?", fragt Terry.

Der Gastraum ist leer, und wir sind mit Aufräumarbeiten beschäftigt.

„Sie ist weggelaufen."

„Wer?", frage nun ich.

„Jordan Meadows." Bruce blickt in unsere Gesichter, erkennt, dass uns eine entscheidende Information fehlt, und fügt hinzu: „Die Schlange."

Wäre er nicht derart aufgebracht, würde ich ihm um den Hals fallen, so süß finde ich es, dass er sich auf unsere Bezeichnung eingelassen hat. „Was ist mit ihr?", frage ich stattdessen.

„Sie ist abgehauen."

„Wenn das nicht verdächtig ist", kommentiert Terry.

„Ich denke, dass dieser Gerry Wilshire, der Kontakt von der Tierbörse, sie gewarnt hat." Bruce kratzt sich an der Schläfe.

„Und jetzt?", frage ich. „Wird nach ihr gefahndet?"

„Noch habe ich ja nur einen Verdacht, aber dass sie das Weite gesucht hat, spricht, wie Terry schon sagt, nicht für sie. Ich mache mir keine Sorgen, sie zu finden, ich bin nur perplex, dass sie tatsächlich die Beine in die Hand genommen hat, als könne sie so ihrer Befragung entgehen."

„Spätestens in einer Stunde ist sie wieder zu Hause“, mutmaßt Terry.

„Möglich“, murmele ich, dann schnippe ich mit den Fingern. „Oder wir spüren sie in ihrem Versteck auf.“

Bruce hebt die Brauen.

Ich präsentiere ihm die Handflächen. „Keine Sorge, dafür waren unautorisierte Undercover-Aktionen nicht nötig. Ich habe doch bereits erzählt, dass die Dame gerne laut und gut vernehmlich telefoniert, und dabei habe ich gestern etwas aufgeschnappt. Sie hat von einem Ort gesprochen, an dem man sich gut verstecken könnte. Ich denke, ich weiß, wo der ist.“

„Na dann.“ Bruce wirft mir einen Blick zu, der mehr als Anerkennung bedeutet. Ich behaupte, dass der an Begeisterung grenzt und überlege, wie er sich neulich bezüglich seiner Gefühle mir gegenüber geäußert hat, was mir einen wohligen Schauer über den Rücken jagt. „Dann kannst du mir den Ort ja zeigen.“

Terry besteht darauf, uns zu begleiten. Wir passieren Golden Square und erreichen die Sherwood Street. Das Gebäude, von dem die Schlange sprach, ist eindeutig an einer eingeworfenen Scheibe und einer mit Brettern vernagelten Eingangstür zu erkennen.

„Hier konnte sie nicht rein. Es muss einen Hintereingang geben“, mutmaßt Bruce und wählt den schmalen Weg am Haus vorbei, um zur Rückseite zu gelangen.

Ich möchte ihm folgen, werde jedoch von Terry zurückgehalten. „Wir schauen uns das mal an.“ Terry geht auf die Eingangstür zu, und ich folge ihr.

Die Bretter, die ein „X“ bilden, um die Tür zu versperren, waren entweder nie an der Tür festgenagelt oder wurden nachträglich davon gelöst. Sie lassen sich problemlos zur Seite räumen, und die Tür dahinter ist nicht mal verschlossen.

„Dachte ich mir doch." Terry stößt die Tür auf, und wir betreten den Eingangsbereich, der sich dem äußeren Erscheinungsbild anpasst: Spinnweben in den Ecken und eine dicke Staubschicht auf dem Boden. Es fällt schwer, sich die Schlange in dieser Umgebung vorzustellen. Womöglich liege ich mit meiner Einschätzung daneben? Dann hallen die Worte in meinen Kopf wieder, die sie gestern sprach, dass es ein gutes Versteck sei, und ich bin bereit, meinem Instinkt zu vertrauen.

Ein Geräusch lässt mich zusammenfahren. Ist das Bruce, der sich dort durch den rückwärtigen Eingang Zutritt verschafft?

Jemand nähert sich, und ich benötige einen Augenblick, um zu begreifen, dass es tatsächlich Bruce ist, er aber jemanden vor sich her treibt oder diejenige vielmehr vor ihm flieht: Es ist die Schlange.

„Bleiben Sie stehen, verdammt nochmal! Das bringt doch nichts!", ruft Bruce.

Noch während ich überlege, was und ob ich etwas tun kann, bemerke ich, dass Terry in ihre Handtasche greift, um der etwas zu entnehmen. Als die Schlange auf unsere Höhe ist, ertönt ein Knall.

Ich kneife die Augen zusammen. Hat sie etwa eine Waffe und damit auf Bruce oder Terry geschossen? Bin ich sogar selbst getroffen, und jeden Augenblick setzt ein furchtbarer Schmerz ein? Man hört ja häufig, dass Personen unter Schock den Schmerz nicht unmittelbar empfinden.

Vorsichtig heben sich meine Lider, und ich sehe etwas durch die Luft schweben: Konfetti und Luftschlangen, die sich auf Haupt und Schultern der fassungslos starrenden Schlange hinabsenken.

Im nächsten Moment ist Bruce bei ihr und fixiert ihr die Arme auf dem Rücken. „Jetzt ist Schluss damit!"

Ich muss grinsen und schließlich lachen. Der wutentbrannte Bruce, der die Schlange verhaftet, während auf ihm der Rest des Regens aus Konfetti und Luftschlangen niedergeht, das hat schon etwas von Slapstick.

Ihr stumpfer Blick verrät, dass die Schlange noch nicht begriffen hat, was mit ihr geschieht. Wir folgen Bruce aus dem Haus, mit dem guten Gefühl, eine skrupellose Killerin überführt zu haben. Und das mit Terrys Konfettiabschussvorrichtung, die sie normalerweise in ihre Kuchen einbackt. Wer hätte das gedacht?

Kapitel 25

„Der Mohnkuchen ist der Hammer!" Conor schaufelt sich ein weiteres Stück in den Mund. „Sorry." Er führt schmunzelnd die Hand zum Mund. „Da werde ich zum Fressmonster."

Ich grinse zurück. „Du weißt doch, dass mich das glücklich macht."

„Stimmt." Er ergreift den Rest des Stückes, das hintere Viertel, und schiebt es vollständig in die Futterluke. „Lecker!", grunzt er.

Ich werfe mich auf den Rücken und lache laut in den Himmel, der sich, londonuntypisch, blau und ohne Wolken präsentiert. Es ist ein herrlicher Sommertag, und die Wiese um uns herum ist voller fröhlicher Menschen, die wie wir picknicken.

Conor stößt Laute aus, als würde er in einer Teigschüssel ertrinken, da er versucht, mit einem Kilo Kuchen im Mund zu sprechen. Als er merkt, wie sich das anhört, muss er ebenfalls lachen, verschluckt sich am Kuchen und bekommt einen Hustenkrampf. Blitzschnell springe ich auf die Füße und prügele auf seinen Rücken ein.

„Aua! Gnade!", ruft Conor, und bevor ich begreife, dass er damit meine wohlgemeinten, jedoch zu enthusiastisch ausgeführten Schläge auf seinen Rücken meint, habe ich ihm noch zwei verpasst.

Ich trete vor ihn, blicke in sein puterrotes Gesicht, und jetzt lachen wir beide, kugeln uns schließlich auf unserer Decke, da die Situation völlig absurd ist. Conor, der sich nahezu kuchenverschlingend ins Jenseits befördert, und ich, die ihn, als er das nicht schafft, halb tot prügele.

Als wir zur Ruhe kommen, sehen wir uns auf der Seite liegend in die Augen. Conor streicht mit der Hand eine Haarsträhne aus meiner Stirn. „Wir sind ganz schön bescheuert, oder?"

„Kann man wohl sagen." Die Berührung Conors ist angenehm, doch das Kribbeln bleibt aus. Ob ich das überbewerte?

Wie um mich zu vergewissern, beuge ich mich vor und küsse ihn. Genieße den kurzen Schauer, der zwischen den Schulterblättern hinabfließt. Alles gut. Oder? Dass sich sein Mund nicht zum erwarteten Lächeln verzieht, wird mir erst jetzt bewusst. „Was ist los?"

Conor richtet den Oberkörper auf, indem er sich auf den Ellenbogen aufstützt. Sein Blick geht in die Ferne. „Das musst du beantworten."

Die Antwort rollt über mich hinweg, so dass ich liegen bleibe und in den Himmel starre. Der erste Impuls, Conor zu fragen, wie er darauf komme, verdunstet unter den heißen Strahlen der Erkenntnis, die an meinem Horizont aufgeht. Natürlich weiß ich, wovon er spricht, und trage die Gewissheit die ganze Zeit mit mir herum. Ich habe nur gehofft, sie ignorieren zu können.

„Du musst dazu jetzt nichts sagen, Linn. Es war ein schöner Vormittag, und ich bin gerne mit dir zusammen, aber ich möchte mehr. Das weiß ich nun. Ich spüre aber auch, dass du dich nicht ganz öffnest. Ob du nicht willst oder nicht kannst, kann ich nicht beantworten. Ist letztlich auch nicht wichtig."

Keine Ahnung, was ich darauf sagen soll, und so bleibe ich stumm liegen. Hoffe, die richtigen Worte würden mir eingegeben und noch viel mehr, das in mir tobende Gefühlschaos klärte sich.

„Wie gesagt, ich will dir keinen Druck und keinen Vorwurf machen. Möglicherweise bist du über Bruce nicht hinweg. Oder ich bin nicht dein Typ. Ich hatte gehofft, beim heutigen Treffen dich einhundertprozentig bei mir zu haben, aber dein Kuss eben hat mir gezeigt, dass es nicht so ist. Schlimmer noch, dass du dich zu etwas verpflichtet fühlst, was du nicht spürst."

„Du hast recht. Es tut mir leid." Ich hoffe, dass Conor wahrnimmt, dass ich es ernst meine. Ich setze mich auf. „Ich habe gehofft, dass es sich einstellt, ich mir klar werde über meine Gefühle."

„Das kann ich nachvollziehen. Du benötigst Abstand."

Mir verschwimmt die Sicht, dann fällt die erste Träne auf meine verschränkten Hände.

Conor legt mir die Hand auf die Schulter. „Auch wenn der Satz kitschig und überstrapaziert ist, trifft er zu. Du musst auf dein Herz hören."

Einen Augenblick sitzen wir schweigend beieinander, beginnen dann Decke und Picknickutensilien zusammenzuräumen, um anschließend den Parkausgang anzusteuern.

„Soll ich dich heimbringen?", fragt Conor.

Ich schüttele den Kopf und verfluche meine widersprüchlichen Emotionen, die einerseits dieses Treffen schnell beenden, andererseits genau das Gegenteil möchten.

„Ich bin froh, dass ich dich kennengelernt habe. Und egal, wie du dich entscheidest, habe ich das Gefühl, dass wir uns wiedersehen werden."

Ich schlucke gegen die Tränen an, bis meine Kehle sich wund anfühlt. Nicke, unfähig, etwas zu sagen. Aus dem Korb, dessen Griff über meinem Arm hängt, nehme ich den restlichen Mohnkuchen und reiche ihn Conor. „Das ist deiner", flüstere ich.

Er nimmt ihn entgegen, als handele es sich um etwas Wertvolles. Wir murmeln eine Verabschiedung, dann geht jeder seiner Wege.

Kapitel 26

„Wie geil ist das denn bitte? Das möchte ich haben!" Die Dunkelhaarige klatscht in die Hände, und man könnte meinen, wir hätten ihr verraten, wohin die fehlenden Socken in der Waschmaschine verschwinden.

„Der Effekt ist schon cool. Wir können den Auslöser auch überall einbacken. Sie müssen nur darauf achten, dass die Glückliche an der richtigen Stelle anschneidet." Terry zwinkert der Frau zu.

„Ja klar, das bekomme ich hin."

„Irgendwelche Vorlieben, was die Form anbelangt?", frage ich. „Lang und dünn, kurz und dick? Am besten ist es, wenn er steht, wegen des Abschusswinkels."

Die Dunkelhaarige giggelt los, was Terry und mich ansteckt. Meine Beschreibung bezieht sich auf unseren Cock-Cake, dem Terry ein Upgrade verpasst hat. Mit der Konfetti-Abschussvorrichtung bietet der jetzt beim Anschneiden ein ganz besonderes Vergnügen und findet rasenden Absatz.

„Also er soll schon ansehnlich sein, und stehend finde ich gut." Die Frau wirft uns einen vielsagenden Blick zu.

„Alles klar. Dann ein wohlgeformter Ständer." Terry grinst.

Als wir die Frau verabschiedet haben, das Café ist bereits geschlossen, klopft es an der Tür. Es ist Bruce. „Guten Abend, ihr zwei. Ich wollte meinen beiden Ermittlerinnenkollegen noch das Ergebnis mitteilen."

„Sehr gerne." Ich lächle Bruce an. „Espresso?"

„Der geht immer."

Terry und ich hinter dem Tresen, Bruce auf dem Barhocker davor, ein bewährtes Bild.

„Deine Hypothese war richtig, Linn. William Meadows hatte eine Affäre mit Rebecca Micks, was Jordan Meadows herausfand."

„Und deshalb hat sie sie getötet?" Obwohl wir das wussten, macht es mich fassungslos.

„So ist es. Auch hier war deine Vermutung richtig, dass sie raffiniert vorging. Den Rosenstrauß oder vielmehr die Dornen mit dem Gift des Frosches präparierte, den sie von diesem Gerry Wilshire bekam."

„Was an sich schon eine Straftat ist?", fragt Terry.

„Allerdings. Die Frösche stehen unter Naturschutz und nachgezüchtete Tiere produzieren außerdem kein Gift. Das heißt, dass es sich um einen Wildfang handelt, der hierher transportiert wurde. Beziehungsweise, dass es nicht die einzige bedrohte Tierart ist, mit der Wilshire illegal handelte."

„Was ist mit diesem Troy und Salvatore?" Ich lehne mich gegen die Arbeitsplatte.

„Das macht es noch verzwickter, wobei du auch hier schon eine richtige Theorie hattest. Rebecca ging bis vor sechs Wochen für diesen Salvatore anschaffen und wollte aussteigen. Er wollte ihr das nur erlauben, wenn sie ihm eine horrende Summe zahlt oder für Ersatz sorgt."

„So kam Carrie ins Spiel", murmele ich.

„Genau. Dieser Troy ist ein ehemaliger Freier Rebeccas, der sie wohl bei ihrem Ausstieg unterstützt hat. Ursprünglich wollte der Salvatore auszahlen, hatte jedoch nicht ausreichend Geld." Bruce trinkt von seinem Espresso. „Die Affäre mit diesem Will war keiner Liebe geschuldet, Rebecca hat versucht, von ihm Geld zu bekommen."

„Sicherlich war sie auch verzweifelt." Ich verlagere mein Gewicht von einem Bein auf das andere.

„Unter Garantie, und das ist nachvollziehbar, aber Rebecca war trotzdem ganz schön verschlagen." Bruce stellt seine Tasse zurück auf die Untertasse.

„Ein verschlagenes Stück", sage ich.

„Hmm?" Bruce sieht mich fragend an.

Ich schüttele den Kopf. „Ich wiederhole nur Ritas Worte. Rebeccas Kollegin."

„Und die Tester hat sie gestohlen, um Mädchen anzuwerben." Terry runzelt die Stirn. „Ganz schön krank."

„Die ganze Geschichte ist krank", kommentiere ich.

„Das werden wir wohl nie abschließend erfahren." Bruce massiert seinen Nacken. „Womöglich hat sie zunächst auch versucht, damit Geld zu verdienen, und kam dann auf die Idee, bei den Straßenkindern aufzuschlagen. Ihr dürft nicht unterschätzen, was für einen Druck Typen wie Salvatore aufbauen. Außerdem sind Abmachungen mit diesen Verbrechern nicht in Stein gemeißelt. Heute ist es die Summe, morgen das doppelte. Gut möglich, dass er immer mehr von Rebecca gefordert hat."

Wir schweigen. Bruce' Worte benötigen Zeit, um sich in unseren Köpfen zu setzen.

„Trotz des unguten Starts eurer Ermittlungen, den ihr nicht wiederholen sollt, habt ihr viel beigetragen. Wieder einmal." Bruce sieht mir tief in die Augen. „Besonders du. An dir ist wirklich eine ausgezeichnete Inspektorin verloren gegangen." Bruce greift in seine Hemdtasche, der er nicht wie sonst seinen Notizblock, sondern eine kleine Box entnimmt. „Deshalb habe ich etwas für euch." Er öffnet den Deckel. Zwei silberne Anstecknadeln in Form eines Hutes, wie ihn die Bobbys tragen, liegen darin.

„Was ist das?", fragt Terry.

„Das ist symbolisch. Die bekommen bei uns die Schulkinder, wenn wir eine Führung durch das Präsidium veranstalten. Für euch bedeutet sie aber, dass ich euch zu meinen zivilen Helferinnen ernenne. Die mich unterstützen." Er nimmt eine in die Hand und steckt sie mir an die Schürze. Das Kribbeln, das gestern im Park bei Conors Berührung ausblieb, erfasst nun meinen gesamten Körper. „Natürlich dürft ihr weiterhin nicht den Rahmen der Legalität verlassen. Also keine schrägen Aktionen." Bruce präsentiert erst Terry, dann mir den erhobenen Zeigefinger, garniert dies bei mir mit einem Zwinkern, bei dem mir heiß wird.

Mit einem Mal legt sich der Sturm der Gefühle in meinem Innern und zeigt mir klar, was ich will, was ich schon die ganze Zeit wollte. „Einverstanden", sage ich, beuge mich über den Tresen, um Bruce zu küssen, und spüre freudig, dass der meinen Kuss erwidert.

Seine Hand fährt durch mein Haar, als er mich ansieht und sagt: „Hätte ich gewusst, dass ich dafür nur so eine dämliche Ansteckandel benötige, hätte ich die dir schon früher geschenkt."

Ich küsse ihn erneut. Das hier fühlt sich nicht nur gut,
sondern richtig an.
Absolut richtig.